玩具和房子

西西 著

何福仁 編

目錄

卷一 我的玩具

卷二　造房子

卷一

我的玩具

舞者

在文化中心的禮品部見到這座雕像時多麼地驚喜呀，因為這是我印象中最深刻的雕像，我曾在許多不同的展館中見過它，包括恆展和特展，彷彿它就是我的老朋友。哈嘍，又見到你了。為甚麼對它的印象最深呢？因為這是獨創的一個。它比不上米開朗基羅的雕像例如《大衛》般著名，不像莫迪格里安尼的長頸女子般出眾，又或者，像傑高梅第的貓似的，瘦得只剩下一排骨頭那樣的嚇你一跳，它當然也不是博得羅那些肥胖肉感的女子。我所說的這座雕像，可能技藝上還夠不上大家的功力，姿勢、形態還可以更上一層樓，它的出現，卻是雕刻史上的奇跡。它的名字叫《十四歲的舞者》。

是一個女孩子的雕像，才十四歲，十四歲女孩子的高度和纖細的身材。她是一名芭蕾舞者，寂寂無名。別以為她是馬高芳婷那樣的著名藝人。她只是個眾多的窮家女孩之一，進入芭蕾舞團，還不是為了謀生，找一條窮女孩可以找的出路？那時候在巴黎，窮女孩還有甚麼工作可以養活自己呢？她的名字是瑪利（Marie Geneviève van Goethem），父親在她五六歲時過身，母親是洗衣婦，獨力供養全家，姐姐成為妓女，幼妹希望成為芭蕾舞者。小女孩能進入芭蕾舞團已經是幸運的了。巴黎的街頭不知有多少男女孩都做着同樣的夢。他們被稱為「芭蕾老鼠」。他們受嚴格苛刻的訓練，能夠成名的話，可以改善全家的生活。我對芭蕾舞當然是外行，不過，總覺得這是一種很辛苦的工作，要經過長年歲月的磨練，在鏡子前，拉筋、彎折腰頸，全身的重量都在豎立的雙腳尖，跳躍、舞動、急走、滑行，是否很傷身體？還要保持優雅的姿態。而指導員就在身旁指指點點，叱喝，責罵。

不過，有一個人，只在舞台上走動、觀看。他是個男人，戴着帽子，手執筆和紙，不斷對着舞台的一群人、個別人，不停地描繪。他是畫家：迪加（Edgar Degas, 1834-1917），他畫了很多幅芭蕾舞的場景，常常是整個舞台全畫下來，舞衣翩翩飛揚，舞者一排一排，展現了各種姿態。有時他畫舞者休息暫停的一剎那，她們是多麼疲倦呀，打呵欠了，撫摸疲瘦的腿，雙手支撐在腰際。

畫家也畫個別的舞者，其中一幅就叫《十四歲的舞者》，而且在一八八一年的印象主義展覽會中展出。迪加這幅《舞者》，令一名觀者于斯曼（Joris-Karl Huysmans）大感驚異，稱這小小的雕像是他所見唯一真正的現代作品，因為它是一座手作的雕像，雕像的頭髮、裙子、芭蕾舞鞋可都是現代的實物，是「厲害的真實」（terrible reality）。于斯曼是小說家，恐怕已沒有太多人認識，藝術史上卻記下他這一句評語。

我見到這位少女舞者次次不同的展出。和一八八一年的原作比，雕像的頭髮和舞鞋都是雕刻出來了，而裙子則是真的紗裙、緞裙、錦布裙，裙子次次不一樣。不同的還有裙子的長度、顏色和款式。當然，最原始的版本仍藏在巴黎奧賽美術館（Musée d' Orsay），這一座她穿上米白色蓬蓬裙，梳一條麻花卷粗辮子；結髮的緞帶也次次不同顏色。從十九世紀以來，雕像可以不變，布質的裙難免被蟲蛀被氧化被灰塵侵佔，所以不得不換上新裙子了。但為甚麼不雕刻舞裙呢，大衛要是穿上真實的布褲子，恐怕也要不斷替換了。事實上，廣告商就不斷替大衛設計各種牛仔褲呢。迪加這種拼貼手法，在文學上並不罕見，在雕塑上卻是新創。

我很高興，帶十四歲的舞者回家了，因為如今變了我珍罕的玩伴，就站在書桌上，我可以替她設計許多裙子，不斷替換，她一定喜歡新裙子。而我對迪加也沒有不敬，他最初就賦予雕塑可持續發展的未來意識。

小小的瑪利，沒多久被辭退了，紀錄是經常遲到、缺席。然後，我們知道的不多，但她的故事，大多虛構，出現在小說裏、在歌劇裏。我替她換一件新裙子，對我來說，她是真實的存在。

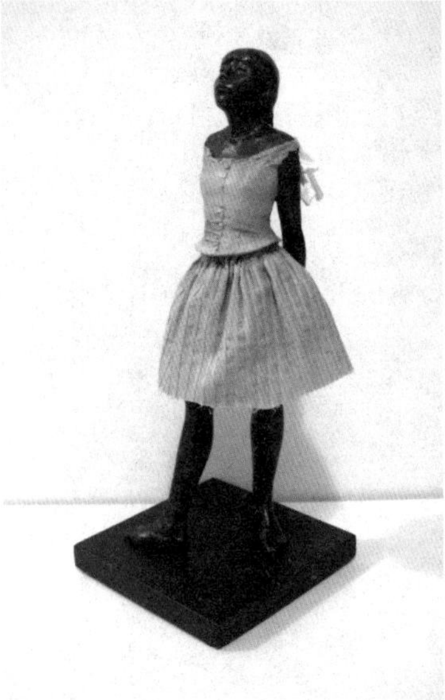

Petite Danseuse de quatorze ans

T恤

不知是甚麼人的翻譯，把「文化汗衫」譯為T恤，可真傳神。T是形象，恤則是形聲。衣衫上可以畫圖，又可寫句子或單字，的確充滿了文化氣息。還有甚麼比T恤更能傳遞文化訊息呢？夏天時走到街上，繞個圈，總會遇到各式各樣的T恤，卡通、漫畫、名畫、政治宣言、名牌廣告，等等等等，迎面而來，簡直目不暇給。T恤自然有許多優點，方便，耐穿，輕鬆，自由，出得廳堂，入得廚房，可上華麗晚會，可出入狗窩陋巷。可價值千萬元，也有只賣幾十塊錢，又可當潮衣當睡衣，十分神奇。

我站在大街上看過路的行人，甚麼人沒有穿T恤呢？啊，是上學的學生，他們都要穿校服，校服有校服的好處，整齊、規律。但為甚麼一定是襯衫、領帶？為甚麼不可以變成T恤？如果由我辦學，學生都穿印上校名的T恤，不一定要在運動會才穿，逢上慶典換上特別設計的圖案。如果說T恤不夠端莊，可以看看阿曼尼。早幾十年，阿曼尼就創造了西裝外套，裏面不穿襯衫，不打領帶，衫尾不束在西裝褲內，改為穿T恤。T恤也可以很典雅，漂亮的T恤外面，披一件更漂亮的西裝外套，帥極了（當然，外套的乾洗費厲害，因為T恤沒有領）。看看胡歌就明白。上學的老師，也是不穿T恤的，如果西裝外套配T恤，是否都會變帥哥、帥姐？

上班族因為職業的規限，大都不穿T恤，而長者中以女性不穿T恤者較多。年紀大了，有的受心理影響，認為人老了，不該穿年輕人的衣衫，但有的則因為健康的緣故。如果雙手活動不靈便，穿套頭的衣服便有困難。需要常常進醫院的病人，穿了襪子般的團團轉衣服，沒有較易解脱的鈕扣，難保不被護理人員或醫生把衣服給剪破。其實，女長者穿T恤的也不少。老友陸離，年齡和我相若，近日茶聚，見她穿一件T恤，不只是一件，而是兩件，裏面一件有領、長袖，外罩一件有小領、短袖，都是棉質，米白色，正是最流行的多層次打扮，而且是短袖套長袖。文化汗衫當然有文化訊息，陸離的T恤上印的是圖靈。

我很喜歡T恤，不過，如今少穿了，何以故？因為我的一隻手不靈活，穿衣不方便，何況要套頭。有些衣服，像必須拉拉鍊的風衣，都不行，西裝裙都改為全鈕扣和橡筋頭。那麼T恤呢？又得「斷捨離」了吧。喜歡的T恤，我還是留着，可以改變它們的生命，繼續存活。最簡單的方法，是把它們像圖畫一般掛起來。那就是家居美術展覽會了，也就是另類室內設計。

另一個方法，是把喜歡的舊T恤縫成椅枕，同一題材的還可組成一套，放在沙發上。如今，我的T恤都變成玩具了。其中一組是旅行伊朗時買的三件T恤，圖畫是古波斯波里斯，畫中有樹、有彎角羊和牧羊人；另一件的圖畫是同一古城，內容卻是持弓、劍、長矛的大鬍子士兵。兩件婆羅洲山打根史必洛保育中心的紅毛猩猩T恤，圖中的小猩猩很開心，因為牠們生活得很快樂。另一件是砂勞越古晉的貓T恤。這批T恤，我藏了很久，穿不得，也不捨得穿呀。還有還有，那是我做的中國毛熊，朋友讓它們裱進T恤去了。

Perspolis
Persia
Persepolis
Perspolis
Persia

Face To Face
Face To Face
Sandokan Borneo

市集

市集這種活動，是先民最早的貿易市場。還沒有錢幣的時代，大家以物換物。自己種田，就拿來豆米瓜菜到一個集中的地方去，跟生產棉花、海產、鐵或木的工具交換。換物的地方人多，交通繁忙，成為市集。如今在非洲，布須曼人（Bushmen）仍然打獵，並且拿獵物和森林邊緣的耕種戶交換米糧和蔬菜。簡單的生活、互助的社會，看來沒有中間剝削，更少見奸商和貪官。他們過得並非不愉快，可有人做過調查，比較港人和非洲布須曼人的幸福指數？問題在，即使港人承認比布須曼人更不滿現實，可沒有人願意移民非洲。我們總聽人說：人類是進化的，歷史是演進的，明天會更好。其實是騙局。演化的是人類，演變的是歷史。理想是烏托邦，現實卻是敵托邦。

地產主導的社會會容納市集麼？甚麼？人人自己拿東西上街擺賣，這怎麼行，道路是政府的，佔據街道要收稅，不然，誰來清潔街道、誰來修理街道、誰來保護街道？自由交換商品？甚麼是自由？商品有沒有標識？甚麼地方出產，可有衛生局的批准？是否有毒，適合甚麼年齡，有沒有詳盡寫明營養成分，含不含防腐劑、椰子油、膽固醇、多少糖分、多少鹽分，等等。政府當然有責任照料市民的健康，在街上集會要申請。集市麼？有損市容，阻塞交通，引進垃圾，污染環境，滋生細菌。所以，市民應該到註了冊的商店、連鎖店去購物，愈大的商店貨物愈多愈齊，愈有規模的商場令你愈舒服，而且有音樂播放，炎夏有中央系統的冷氣。當然最好是大字寫明免稅、正貨，這是保證，只要緊隨着阿珍阿明的旗幟，互相配合。我家周圍只接待內地遊客的四五間巧克力店、三家酒樓、五六間藥物店，其實來自同樣的兩三個老闆。

但我喜歡市集。我們難道不覺得商場愈來愈千篇一律、同一個模式？逛來逛去，都是集團的經營。由小本經營的、獨特的小店，極難生存，由於租金昂貴，有點生意了，即使不賠本，卻不斷加租。我見過兩三個青年，讀完書後自行開店創業，苦守一陣，都捱不住貴租，結果血本無歸。

所以，當城內冒出一些市集，我總樂於參觀。其中還有創意市集，那是個體戶擺賣不同手工藝的地方。我每次去逛市集就希望看到獨門的作品，與眾不同的布公仔之類。不過常常失意而回。有時也見到布公仔，覺得竟是二手作品，缺少作者自己的風格，豈不走錯了方向？上一次，到一個學校辦的手工市集，我買了幾個布公仔：三個貓、兩個小人，做得不錯，都是掛飾，又可當襟針。小人還有正面和背面不同的圖樣。問題是，我在一些布袋上見過這些圖畫了。作者只是買了布，把圖畫剪下，把兩幅布縫好，填滿棉花就完成。圖畫布料本是既成品，說不定還有版權哩。如果圖畫是自己畫的，那就好得多了。真是恨鐵不成鋼。

手工店鋪的確有印好的布料出售，布上印好公仔的正面和背面，這種布均依公仔的大小整幅出售，和普通布料以碼或米計算不同。買這樣的布料很容易縫成公仔，不外是兩幅面料縫好反轉，填滿棉花就成。公仔多數是美國流行的 Ann 和 Andy。手邊有一個手繪布公仔是法國女子 Nathalie Lété 手作，公仔作水手打扮。

背面有N.L的簽名。從公仔邊緣可見衣車的縫線。何以稱為手作？原來公仔布料是米色，其一身藍衣和面上橘色唇色都是手繪，眼耳口鼻都是畫上去的。所以公仔標明：顏料無害，兒童適宜。

伊卡洛斯

商店的玩具部擺出一系列拼砌的立體模型，全是由木片組成的 DIY 玩具。為了推銷，吸引顧客，也會拼砌做好一、二件用來宣傳，看，這就是我砌好後的樣子，我以為好看，你呢？我見到的 3D 砌圖木玩具就是後者。

我的確是被製成品吸引過去的。它們有一呎左右高，全是木片木板木條，這是我最滿意的。因為配上特別的配件，全都可以活動，這就很有趣了。而且看得出組合容易，無需漿糊膠水，款式也多。我看了半天，看看哪一個容易砌、哪一個比較特別。可以選擇的不少，有飛馬、飛龍、泰迪熊、奔跑的鹿、滑水的狗，屬於動物；另有人物類，風中航行、紅騎士、飛車、釣魚等。我本來想買潛水貓，結果卻買了「飛行的夢」。

一面砌一面佩服設計者，因為配砌的木片比較特別，方形的切口可以插入圓形的孔洞，翅膀的羽毛就像一隻隻獨立曬衣夾穿插在翼板上。不少細微的轉接點又令人驚訝。我砌好了「飛行的夢」，而我的夢仍在飛行時，忽然在另一間店鋪中又見到了同一系列的玩具。這次，見到的竟是飛人伊卡洛斯，嘩，不得了，他是在天空中橫向飛行的，而「飛行的夢」中的飛人卻是坐在一把椅子上。於是我又買了伊卡洛斯。

伊卡洛斯的故事是大家都很熟悉的，他跟父親要逃離克里特島，因為穿上父親用蠟做的羽翼，在天際微亮時飛行，忘了父親的警告，飛近太陽，蠟翼融化，從空中下墜跌入海中。希臘神話中，伊卡洛斯、推大石上山的西緒福斯，以及著名的歌手樂師奧菲爾斯，都令人懷念，引起聯想。以奧菲爾斯下地獄找尋妻子為題材的戲劇就有不少，我在捷克就看過以他為名的音樂木偶劇。加繆則寫過西緒福斯的荒謬人生。至於伊卡洛斯的悲劇，最多畫家畫過，詩人例如奧登、威廉·卡洛斯·威廉斯寫過。

伊卡洛斯的父親代達羅斯設計的羽翼，是把大堆鳥毛用線牢牢捆住，再用蠟黏好，好像自己砌作的玩具，但並不好玩，為的是逃命，卻成了喪命，不宜兒童，也不宜好高騖遠的青少年。

拿不勒斯國立博物館中藏有龐貝殘存的壁畫，其中有十世紀的伊卡洛斯，壁畫大片剝落，所幸仍看到主角的身影，在一團灰白的石塊右上角，清清楚楚地繪出伊卡洛斯從天倒翻下墜的情景，背後闊大的羽翼仍然相連。底下是如今以他為名的伊卡洛斯海；海上有兩艘船，船上的人全部望向天空，非常震驚。岸上的一邊是城市，另一邊是指點悲劇的人。天空上有馬拉着戰車，駕駛的是太陽神赫利烏斯。

繪畫伊卡洛斯墜海的畫，以布勒哲爾最著名，他畫過兩幅，一大片海，上有些帆船，岸上近處農夫在低頭耕田，稍遠牧羊人在牧羊，只有這個牧羊人仰看天空，看到代達羅斯（另一幅沒有畫出）。右邊一角還有一個漁夫在埋頭捕魚。那麼伊卡洛斯呢？仔細搜尋，只見揚帆而行的大船附近，右下邊的水中，露出高舉的腳。畫面寧靜安詳，生活若無其事。人與人之間尚且不容易溝通，何況是人與神？人的生和死，原來並不共通。這就是布勒哲爾的題旨，佛蘭德斯格言：耕犁不為死者而怠。奧登的詩說：那個農夫或者聽到落水聲和呼喊，但這溺水，對他來說無關痛癢；太陽照耀如常，任由那雙白腿在綠波中消失；那艘昂貴而精巧的船一定看到某種異象，一個少年從空中墜落，但它有既定的方向，繼續平靜地前航。至於威廉·卡洛斯·威廉斯那首，也是相近意思。

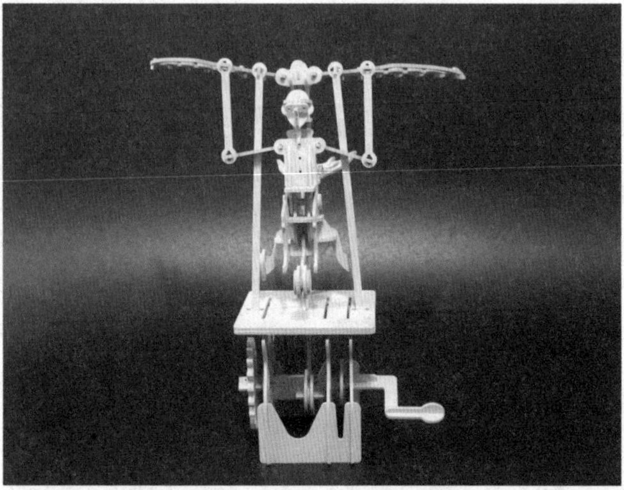

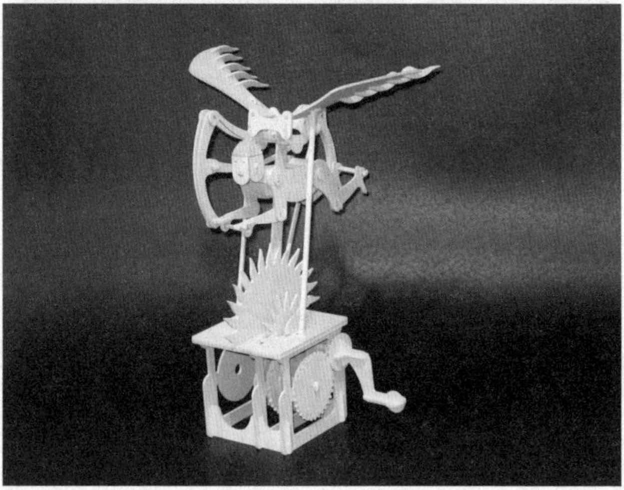

三鷹

有一家美術館，名叫吉卜力，好像很陌生，但如果用它的另一個名字稱呼，大家就會說，知道知道，那就是宮崎駿美術館啦。吉卜力是動畫製作公司，誰沒有看過《千與千尋》、《天空之城》等等的電影呢。早一陣，美術館宣佈，要改變門票的發售方式，因為有人炒黃牛票圖利。由去年七月起，採用實名購買制，即引入記名式門票，購票時，持票人的名字會印在門票上，進場時要出示身份證核對。黃牛太多，這倒是無可奈何的辦法。

我沒有遇上這樣的情形，因為許多年前已經參觀過那座專館了。專館在日本三鷹，離新宿不遠，由新宿坐地鐵很近，也很容易。我當時不知道，居然看了酒店的廣告，參加當地旅行團，早早起程，乘上旅遊車，竟前往東京繞了個大圈，輾轉接滿了團客才轉地鐵前往，車過新宿，早知如此，阿里格多，自己到新宿才是正路。

美術館其實就是宮崎駿作品美術館，一般稱為三鷹美術館，地鐵站出來就有專車直達美術館門口。展館不算很大，記憶中是相連的兩座建築，一座是展示手繪的原稿，好像進入微型屋似的，從窗洞中可以見到一些電影中的場景。另外是展出動畫製作原理、介紹各項和電影有關的圖畫。

另一座建築有兩層高，則是小朋友的天下了，只見都是電影中的角色，分佈在四周以及獨立的小室中。最熱鬧的也許是貓巴士吧，大室裏就擺了一架特別製成的貓巴士，小朋友就在那裏擠來擠去。成年人或者還是喜歡樓上連接戶外的山丘吧，因為那裏站着高大的天外人，就是《天空之城》的園丁。

我有沒有買玩具呢？當時沒有，但後來在香港的專門店中逛逛，也終於選了幾個。我喜歡可以砌拼的立體模型，一個就是那位園丁，另一個是白色精靈。當時並不認為有何特別，砌砌也覺得日本的玩具的確設計得很好。高大的天外人分為頭、胸、腹、手和腳五部分，每一段的連接法都不相同。遊戲盒中並無説明書，不提供指示，但只要看着不同的暗號、物體的形狀、洞口的凹凸紋就可接成。例如兩隻手，右手是手臂手心向上伸出，手掌心還開出一朵花；左手卻是朝後伸展，連接的洞口有坑紋。雙腳的腿是以接舌插入足部的開口，而肩部的胸甲有開闢。

三隻白色兔子般的小精靈是合體形，由半邊、上半截和下半截碎片分為三組，各片有數目字列明，依一二三、四五六、七八九先砌好，再合併，十分有趣；簡單，但有創意。吉卜力美術館給我印象最深的並非展品，而是門券，一般的門票不外是一張印上圖畫和價格的紙，但三鷹呢，竟是三格菲林，正面印着館名，背面印着「大人，大學生 ￥1000」，蓋了個印章「〇四．八．一九」，這所以我保留下來。

啊，十四年前了。

入場券
三鷹の森ジブリ美術館
入場券
三鷹の森ジブリ美術館
GHIBLI MUSEUM, MITAKA
GHIBLI MUSEUM, MITAKA

帆船

旅行時見到紙砌的帆船，也就選了一盒，雖然不是經典的卡蒂薩克號（Cutty Sark），但也很快樂。這系列還有鄭和的寶船，可惜售罄了。設計得好的模件，加上詳細的說明，是成功的玩具的首要條件。我買的船模型，由汕頭一家公司出品，材料主要是紙，但船身必須堅固，所以只有較薄的船帆才用紙，配合EPS泡沫板，實際上是三夾紙，比木片適合，因為這種紙板可以彎曲砌成弧形，比一般的厚發泡膠版輕盈。當然，如果有甚麼可以替代泡沫板的材料會更理想。

好的玩具，除了可以讓人參加構造，在過程裏一步步認識，還常常獲得相關的知識。我砌的這盒玩具就是這樣，盒中除了拼砌指南，還有介紹船的歷史，我選的是「羅馬古戰船」，文字的說明是：「羅馬古戰船要數十名槳手推動，都經過特別訓練，木槳有四至六米長，大型方形的船帆有助控制速度，也較有靈活性。」我們過去看電影，例如《賓虛》見識過了。在公元前二五〇至五〇〇年，這種船，古羅馬多用於海戰或運送軍隊。船底較寬，吃水較淺。羅馬戰船由腓尼基人發明，腓尼基人在地中海東岸生活，天生善於航海。希臘人在特洛伊之戰中使用腓尼基人的船隻而聲名顯赫。羅馬人在原有的設計上添加了許多武器裝備，本來是載貨載人的工具，變成了殺人武器。用於船的木材主要是杉木、松木和雪松木，但也會用橡木製作船體，因為橡木可以承受上岸的牽引力。樹木是有生命的，即使離開了土壤。事實上，羅馬軍還是以在陸地上作戰最強，船上的槳手，多數是希臘人和埃及人，是戰俘，是奴隸。羅馬兵丁拎的是皮鞭，不是船槳。

我近年對塑膠敏感，所以一直期待有一隻帆船的模型是木的材料，船纜都是真的繩子，船帆是真的帆布。小的單帆也行，像我們海港上常見的漁船，或者千帆並舉的五月花、大憲章那些，漂亮極了。喜歡船，當然是受到小說的影響，書裏面漂亮的帆船太多了，那些幽靈船、玻璃船，不但非常神秘，而且充滿了聲音，尤其是當一艘玻璃船破裂成千千萬萬的碎片。電影《加勒比海盜》系列也很有趣，雖然好幾場最有趣的場面，朋友提醒我，其實抄自畢蘭加士打一九五〇年初的《紅海盜》（*The Crimson Pirate*）。這電影我再看了一次；如今技術進步了，資金雄厚了，但仍然是舊的好看。

吾弟來訪，看了我的小船，的確是小船，原來他也砌過帆船，伸展開來有三呎長，正是最古老的卡蒂薩克號。真船我見過，就停泊在倫敦泰晤士河旁，再不出海了，成為博物館。他說卡蒂薩克號我恐怕砌不了，尤其是用繩拉扯的布帆，一隻手做不成。而且，船寬長得像一張乒乓球枱，要房間像個海洋才行。就送了他。他的卡蒂薩克號到頭來恐怕也沒處安頓，由它漂泊去了吧。

大的砌不了，小的也不見得可以，我目前砌的海盜船，有點幽靈味道，但太精細了，沒有整個砌成，我也打算提早上岸，不必勉強，也不失望，遊戲罷了。船有大小，條件不同，看海的時候，不能用一雙勢利的眼光。

把手

一種東西，我們天天接觸使用，不能吃，不能玩，大多數灰頭土臉，即使在我們身邊，無處不在，我們卻是視而不見。其實，沒有了它們，我們就寸步難移了。那麼重要的東西是甚麼呢？它們叫「把手」，英文是handle，或者叫knob。想想看，我們的手每天會和多少個把手親握？開門關門，打開抽屜、衣櫥，要觸碰眾多的把手，連廚房內的鍋蓋，上面也有一個把手。把手就是我們把手放在上面，旋轉或用力拉動的物體，這樣才可以把東西像揭開謎底那樣揭開。

我們買家具或有蓋的用品，把手已經裝好在物件上了。所以，我們一點也不用費心。但有時候，家具需我們自己動手組裝，我們就會面對把手了。這時候我們才會對把手注意起來。唔，這些把手好像不怎麼對勁，好好的一個書櫥，怎麼附一個金屬的把手，為甚麼不用木把手？房間的把手，為甚麼不是古銅色的圓球形旋轉，而是亮晶晶的塑膠方塊？於是你就為了一個書櫥、一扇房門，出發去尋找把手了。後來，再不為甚麼而只為了把手。

原來家居用品的設計師早就在魔鏡裏看透了你的心意，市面上早就出現了一些很別緻的把手了，有花朵形的、字母形的，幾何圖案的，色彩斑斕的；而物料也很豐富，除了一般的木質、金屬，還有塑膠、瓷器。所以，逛家具店就變得很愉快了，你走進魔宮，發覺你的夢幻都變成了真，甚至還替你製造夢幻。我不得不承認，我就是一個很愛逛家具店的人，因為規模大的家具店總有許多新奇的產品，大的家具不需要買，但小的照相架、小盆栽、浴簾、椅枕、都可以買一二，而我，會看看把手和窗簾架橫鐵頭尾的飾物等設計。特別是抽屜的把手，因為我有些五斗櫥，這些櫥有許多抽屜。

早些日子，我就買過一些字母把手，英文字母有二十六個，我當然沒有二十六個抽屜的櫥（倒有一個，是二十四個抽屜），於是買了四個字母，換到抽屜上，成為STAR，覺得有點創意，自我感覺良好。當然，後來我又換了別的款式，因為家具店又有了新貨。

有些把手，因為喜歡，即使不用了，也還留着，空閒時看看，又藏了起來，例如四個透明的塑膠把手，像一個個蘑菇，像外太空的船艦，又像滿身凸點的軟體生物，十分科幻；三個藍色的瓷把手，有銅座連接，像奇異森林的棕櫚樹，頂部開了花朵，只能說是來自愛麗絲漫遊的花園了。應該是本土出品的膠把手，畫了一朵不錯的玫瑰花，其中四個還鑲在我的衣櫥底層的兩個抽屜上。

最意外的是在尖沙咀一商廈的地下雜品店家具部見到的一批把手了，不過把樣本釘在一塊紙板上，共十多個，個個好看，我每樣選一個，竟選了六個，有金屬的蝴蝶結、陶漏孔圓厚藕片、黑白棋盤格、藍彩玻璃片和兩件繁花盛開的花束，都用金屬鑲嵌，一束用膠做花瓣，另一用透明膠做晶片。我的家具又有新的飾物，每次只換一個抽屜的把手，也可以逐一換幾年啦。芝麻再叫不開門的世代，你說生活乏味，呵呵，生活本來是無味的，甜酸苦辣，就看你自己的選擇。

MEGA TON
MEGA TON
MEGA TON
MEGA TON
MEGA TON

Poggie&Mariani
$1350
$1500
$1400

花盆

某個商場裏有一家店鋪，只賣一種玩具，使我很驚異。玩具也不算很特別，展示出來的是清一色的砌圖。就是我們早已熟悉的紙板切塊，形狀就是青蛙形、土字型，中間凸出，似頭顱，兩旁伸出兩手兩腳那種。盒子總是以風景為主，或各種名畫，寫上有多少塊碎片，從一百至一千，大人、小孩都適合玩。表面上看，每盒的內容好像不一樣，其實，同一面積的模式是相同的，從一個設計印好圖形，然後切成小塊。玩過幾盒，不必看圖畫，只看小塊紙片的形狀，邊緣的弧度，大的彎曲或小的轉折，看熟了幾乎再沒有任何難度。

商人當然也會設計新產品，例如，從平面變成立體。過往的平面砌圖，砌好了可以當畫，用框架裝好掛在牆上。立體的砌圖則可直接放在桌上當擺設，而題材也以名建築物或者名畫為藍圖，西敏寺啦，巴黎聖母院啦，凱旋門啦，梵谷的《向日葵》、《星夜》等等。那麼，整個店鋪有沒有吸引人的商品呢？我就是被一些小砌件吸引進店的。

小砌圖，立體類，並不大，飯碗般大小，圓形，原來是砌一個小花盆。和平面的砌法相似，可是立體的砌法又有了難度，因為砌成的作品是弧面的。其實，圓形的砌圖也不是最新的創意，因為坊間早推出過圓形小砌件，是鎖匙扣，吊着一個足球，或地球；整個物體都是圓的，而且很小，砌起來很花眼力。

店裏的砌圖比較特別的是，把純遊戲的玩具結合了實用的功能。例如，立體砌圖可以是砌一個鬧鐘，除了提供砌的紙品外，會附製造鬧鐘的金屬物料，做成響鈴。另外一款則是砌花盆，也即是砌一個圓形的容器。製作的物料自然是紙，但因為是花盆，所以變了塑膠，可以防水。也因為是花盆，除了砌料之外，附有兩個膠筒，用來放在砌好的盆內。

我買了那盒砌花盆的材料，不買鬧鐘那套，因為我是電器盲，不會處理會發聲的機器，種種花草卻可以應付，只需淋水就行。其實，吸引我的是那個花盆。花盆就是用塑膠砌成，但砌片是有顏色和圖畫的，其中之一，是青花牡丹卷草紋樣，是青花吸引人。買一盒砌圖，原來另送一盒贈品，內有一包種子和一包營養土，並有種植說明書。種子是漂亮的心形草；營養土則是含有多種礦物質營養，為了滿足幼苗生長而專門配製，有良好的通氣，能保水和保肥，可促進植物根系發達，經高溫燒成，無臭無害，無病蟲害，是十分清潔的栽培基質，酸鹼度約為7.0。性能穩定，可與任何土壤混合使用，也可單獨用於無土栽培。這是說明書說的，還指導種植法，何時種，如何種。奇怪，玩具購於成都太古里，盒內說明可全是繁體字，還可上官方網頁觀看盆栽的具體種植影片。

現在，我已經把青花花盆砌好了，種了心形草，而且快高長大。這件玩具，真的有生命力，可以持續發展好一陣子；然後呢，變成了筆插座。早知如此，應該多買幾盆種子和營養土。

金沙

金沙遺址博物館，是在金沙遺址原址建立的專題博物館，位於成都市西郊蘇坡鄉金沙村。二十一世紀初，民工在開掘蜀風花園大街工地時，發現許多埋在泥層中沉睡了三千年之久的文物，證實是三星堆文化的最後一期。原址建立的博物館於二〇〇七年開館，佔地面積約三十萬平方米，由遺跡館、陳列館、文物保護中心、園林區和遊客招待中心五部分合成。

遺跡館和兵馬俑的展示相同，就在原跡披露翻開泥層，可以走到各層參觀，其中有一棵巨大的樹根伸延半個球場大，就在原地保留不動，蓋以透明玻璃，從上往下觀看。至於陳列館，則分為五個展館，把所有的文物一一展出，需以五個展廳之多，是以物件的材料來分，計有金、石、玉、泥、木和象牙。三千年前，比先秦還早，可見古蜀國並非甚麼茹毛飲血手握一條棍棒的野蠻人，而是手工藝精湛、富創造力的 Homo Faber（製造的人）。過去讀歷史，總說中華文化，發源於黃河流域，要是古蜀國不當是外族，就得改寫了，那是不同時期的多元。當然，三星、金沙文明忽然消失了，也是一個謎團。

那麼，製造的人，到底製造了些甚麼呢？我恰巧在禮品部找到一件玩具。為甚麼說它是一件玩具呢？因為它是微型的屏風，正是適合放在娃娃屋中的擺設。它是六折的漆器，正面有一幅博物館的建築圖樣，背後是八件鎮館之寶的圖原貌。第一件是圓形的「太陽神鳥」，太陽中有鳥是我國傳統的神話。這件物體由薄薄的金箔錘鍊而成，正中有旋風形火焰滾動，十二焰代表一年十二月，邊上有四隻飛鳥，鏤空刻成，不知用的是甚麼工具。

第二、三件都是金箔，極薄，顯然有墊具在底錘成，有眼有嘴有耳的是「金面具」，顯然與三星堆的銅人一個餅印。另一件金片是「蛙形金箔」，是一隻青蛙，竟是抽象藝術，四肢內捲，身上有凹凸的疙瘩，真是觀察入微。第四件是銅器，「銅立人像」，三星堆的人像高約三米，它則半米高，立在一個分叉的支撐物上，可它的頭髮，和太陽火焰一般旋轉，雙手持物，神色凝重，似是族長或巫師；其他銅器有銅立鳥、銅牛首、銅龍首形器，看來先民已經掌握了倒模的製造方法，中國後來才有那麼多漂亮的青銅器。

奇怪的是，金沙遺址的出土文物中最多的不是金器、銅器，而是玉。青銅器、石器，世界各地過去共有，但玉器、絲綢、瓷器則是古中國的特產。古人重視玉器，是當能通天地的東西。金沙的玉，製成武器、配飾，滿滿一展室，有白有綠，真是目不暇給。

在眾多的製品中，最特別的是石人。石人由石頭刻成，和古代許多出土的石人相似，他們都跪在地上，雙手反綁在身後，手掌下垂；頭髮呈方形，中分，像一本打開的書，腦後垂髮辮，雙足坐在腳後跟。跪地石像似是戰俘或奴隸，出土甚多，先民的生活一定並不容易。

金沙遺址在成都青羊區，區內有杜甫草堂，草堂內有梅苑。梅苑是個很大的園子，如今我們遊杜甫草堂，走到水檻的地方，朝西過了矮白色的牆，就是梅苑。以為草堂哪來那麼大的園林，莫不是併吞了梅苑？沒有，如今梅苑大抵有一部分變了金沙。

Stone tiger
Bronze bull's head
Standing Bronze Figure
Gold Mask
Frog-Shape Gold Foil
金沙秘寶

金魚胡同

坐在金魚胡同一家酒店的面街寬闊的大餐廳吃早餐。以前多次到北京，也選擇住在金魚胡同裏，沒有甚麼特別的理由，只因為胡同的名字。許多年沒來了，胡同也變了很多，行人道似乎擴闊了一倍。台灣飯店不見了，永和豆漿也不見了，於是少了一個吃午飯的落腳點，酒店整個月辦專題的美食，難道天天吃阿爾及利亞餐？試了一次，食物都偏甜，還是去孔乙己吧。

餐廳裏有不少香港客，坐在我身邊不遠有一位CEO打扮的潮人，獨自吃早餐。有幾桌由穿時裝的女子圍聚，個個帶着一塊硬文件板夾着紙頁。經過鄰桌時和獨坐的潮人打招呼，那人只泛泛地點點頭。還以為會上演撒嬌的女人。金魚胡同的一端連接王府井大街，在那裏走過，彷彿身在廣東道。不過街道還留存了一點自己的味道。一行整齊的行道樹，是濃蔭遮蔽的國槐古樹。在胡同裏走，雖然氣溫三十七度，卻涼風習習，舒服極了。大抵是街道闊，房屋的距離遠，空氣流通吧。四下沒有蟬鳴，也許是沒有法國梧桐的緣故。

坐在餐廳裏吃早餐，看街道行人來往，甚麼也不必做，真好。行人有的戴草帽，有的卻是推着車子走，忽然停下來，坐在路上休息。馬路中心每幾分鐘就有一串快遞車迅速穿過，包裹堆得滿滿的，可見生意興隆。快遞的確厲害。王府井大街不算長，和長安街相接的地點，有一座王府井書店，和美術館街相接處則有涵芬樓和韜奮兩間，地庫的書多而且精。後者的服務員都友善和藹，我體力疲乏，就讓我坐在一邊，還給我暖水喝。三家書店我都分別買了些書。很重的書，如何帶回家？很容易，書從書店帶回酒店，就在大堂告訴服務台寄快遞。服務員立刻打電話通知我所選的公司。不一會兒，公司的人來了，把書本秤過，付了費，就帶走。我在星期五晚上回港，星期六晚上已經來電說書已到，可以送上門，也可到附近的自助洗衣店用密碼開箱自取。難怪有人說，當今中國狂飆的巨富，依靠的是快遞物流，不一定是不動的地產。

金魚胡同與長安街平行，與王府井大街垂直。長安街很長，金魚胡同很短，一長一短，是一種節奏。從王府井大街起始，走十來樓房，就可轉彎了。轉了彎，尤其是近黃昏，忽然就出現了小攤販，擺了不同的地攤貨品，有賣草帽的，賣老花眼鏡的，賣雜物的。有一個婦人，小小的地攤上，散滿了十多種小人書。小人書勾起我遙遠的記憶，在那狹窄的小巷裏，貼牆的木箱內裝滿四乘五吋的小書，都是連環圖，封面的一頁貼在一頁大紙上，就掛在木箱子的牆上。我們一群小孩，則坐在一排小矮凳上埋頭埋腦地看。書很多，種類不同，有的是手繪的，畫工參差不齊，有的極佳，有的簡陋，各有風格。有的不用畫，是把電影的畫面錄下就行，所以全本內頁都是藍色的，然後有一個聲音，叫喚我回去。回過頭來，地攤上的小人書都是手繪作品，我選了林丁丁（應是比利時的林丹丹），因為我去過林丹丹的祖家布魯塞爾，那裏有一個漫畫中心。問價錢，說是十塊錢一本，一套兩本，內容的確是繪本。我說太貴。她說那來十元一套吧。好，成交。

向月球飞去
下集
丁丁历险记

不管他，嗯，白雪，我的孩子，你来吃一块。
嘿！白雪，你怎么啦？
!!
121

阿美許人

朋友遠道而來，知道我收藏了一些各地的布娃娃，選了一對特別的公仔送給我。我一見就嚇了一跳。兩個布娃娃，穿戴得頗有特色，兩張臉卻是一片空白，沒有眼睛、鼻子、嘴巴。朋友說，它們是阿美許人（Amish）的手工藝，最與眾不同之處是：無臉。我又嚇了一跳。除了辛克人之外，我並不知道地球上有阿美許人。朋友也許知道我孤陋寡聞，所以，送布公仔給我之外，還附送給我一本簡介阿美許的小冊子，圖文並茂，讓我可以增廣見聞。於是，我仔細讀了資料。

阿美許人，創始人是雅各·阿曼，目前總人口約不到三十萬，信仰再洗禮派，宗教經典是聖經。主要分佈在美國俄亥俄州、賓夕法尼亞、印第安納州和紐約；加拿大則主要在安大略省，講德語及英語。他們以宗教音樂而聚居一起，形成小小的群體，仍分為獨立的家庭生活。他們沒有教堂，每兩周舉行一次崇拜聚集，在教友家中舉行，地點可以是穀倉、馬廄、客廳、工廠。他們的生活是互助互惠的，不依靠外人的資助，在社區裏自給自足，也不受政府的管理。他們的一切所需都有教友供給。房子由教友合建，市場由教友合辦。醫療、教育、福利，都自己包辦。他們的孩子受八年教育後就不再升讀大學，小孩從小就學習耕種、做家務、趕車、養馬。他們長大了有不再信教的自由，可以離開。

阿美許人除了耕種的拖拉機，基本上摒棄電力，所以不用汽車，只駕一匹馬拉的小運輸車；用兩匹馬耕田。他們的服飾一律是男子穿吊帶褲，衣服不釘鈕扣，這是認為軍裝上釘金屬鈕扣，屬於炫耀的裝飾品，而且，軍裝代表戰爭和武力。他們都戴草帽。女子穿連身長裙，加圍裙式長背心，頭戴白紗貼頭草帽，出外再加黑兜帽。阿美許人雖似沒有融入美國社會，但他們會交稅，也會投票。由於他們獨特的生活方式，加上自成一派的服飾，反而吸引外界的注意。他們的社區竟變成旅遊的景點，也有人專誠去選購他們精美的間棉刺繡、床單和床罩。當然，也引來滋事分子的挑釁。

阿美許人有許多的生活準則，大多可以視為美德，例如和平、反戰、不炫耀、樸素、寧靜、不求名利等。可有些卻也很費解，除了拒絕使用電力，孩子到了十四五歲了，家庭不許他們升讀高中，寧願繳罰款五美元。或者，讓孩子不斷重讀八年級，直到可以離校的合法年齡。又例如，他們除了剪草機外不用電，那就沒有電燈、電話、電風扇、電冰箱、電視、電腦，與電器完全絕緣。由於不買保險，他們沒有醫療保障。此外，他們也不避孕，結果每家都有七、八個孩子。

一對布公仔的臉留白，因為他們篤信聖經，不可為自己作甚麼形象。也因為獨特、素淨，跟華麗的布偶不同，這就另有味道。這一群離世獨立、美麗的人，也許只存在於美國這樣的社會，以後將會怎麼樣呢？原來我曾經和他們擦肩而過，因為看過一部以他們的生活做背景的電影，呈現他們共同建造新房子、刺繡、駕小馬車，忽然有一個陌生人闖進來，對他們造成衝擊，那電影叫《證人》（*The Witness*）。

A handmade product of Amish Country

非羊

記得教書的日子，小學五年級的英文教科書出現了一個動物的名字，名叫llama，讀音為la:ma。這個字我認得，因為那時候的我埋頭埋腦讀拉丁美洲的文學作品，由朋友私人教授，學過幾個月西班牙文，西班牙字認識了幾個。西班牙文的動物是甚麼呢，我知道牠的模樣，像羊又像馬，像牛又像駱駝，生活在南美洲，在秘魯吧，上馬曹匹曹的山路上，沿途有牠們的蹤影，個子不很高，頸特長，身體四方如矮凳，頭伸長了像長頸鹿。那牠是甚麼動物？我對學生説，牠是駝羊。那些日子，我剛好寫了一篇小説名〈南蠻〉，主角南蠻我稱牠為駝羊。

對於llama，不知如何，竟有許多叫法，有的説是羊駝，有的説是駝羊，有的説是駱馬，都把牠和羊、馬、駱駝混稱。我當時也是一時大意，沒有好好查字典，因此誤把馮京作馬涼，不知道自己誤人子弟。llama的讀音和馬字音近，也許與被稱為駱有關，牠的嘴巴完全和駱駝一樣，可牠的模樣又似羊。我對有兩個 LL 排在一起的西班牙字特別感到有趣，因為我是拉美作家馬里奧．巴爾加斯．略薩的粉絲，他的母親的名字就是有兩個 LL 排在開頭的，即 Llosa。

那麼，麋鹿般可愛而刻苦耐勞的爬山高手是哪一科的動物？如今我知道了，牠屬於駱駝科，和駱駝是堂兄弟、姐妹，羊則是遠親，並不怎樣相關了。事實上，稱牠們是羊駝也不很準確，牠們不屬於羊族。在駱駝群落中，牠們不屬於單峰駱駝，也不屬於雙峰，而是無峰。所以，世界上有三種駱駝：一，是中國式，雙峰駝；二是埃及式，單峰駝；三是秘魯式，無峰駝。Llama 即南美洲的無峰駝。

至於駱駝科除了單峰、雙峰和無峰外，還有一些近親。Vicuña 是駱馬。Guanaco 是羊駝。說來更奇怪，羊本身不成科，凡羚羊、綿羊、山羊原來都屬於牛科，也只有駱駝毛和羊毛是珍貴的毛料。縫毛熊的毛料來自珍罕的安哥拉山羊毛 mohair 以及雙峰的駱駝毛 camelhair，但會誤導人，camelhair 來自 camel，mohair 可並不來自 mo，因為世界上並沒有叫做 mo 的動物。

生活在非洲和西亞的野生單峰駝已經絕滅，家養的單峰駝以各種方式存活下來。現存的駱駝不是馴養的，而是起源於馴養的祖先，後來被放生的，無論單峰和雙峰。至於南美洲的無峰駝，則是由野生的駱馬和羊駝，以及牠們的後代家養駝和小羊駝組成。所有駱駝都是頭小、頸長、上唇裂開，走路時，兩側一同起步，動作有點搖晃。牠們是偶蹄類，但和其他的偶蹄類不同，牠們的體重不壓在蹄子上，而是壓在蹄下的脂肪墊上。我因此寫了首小詩，叫〈羊駝〉。

一位朋友到南美洲旅行，會上馬曹匹曹，當然會由庫斯科上。我羨慕不已，年輕時經濟不充裕，如今則體力不容許，只好請朋友代買一隻無峰駝回來。果然願望成真，除了南美駝，還有山地牧駝女子。總算把無峰駝正名了。不過我犯的過錯還不止此呢，因為不懂拉丁文，又不查書，多年前竟把 Homo Faber 譯為法布爾其人呢，真是無地自容了。Homo Faber 是製造的人，懂一點生物學的人都知道。Homo Faber 之後才產生 Homo Luden，遊戲的人。

音樂鐘

怎麼會進音樂鐘博物館去參觀呢？可以說是意外。那一年旅行，從阿姆斯特丹乘火車南下，到海牙、鹿特丹參觀，目標是去看烏特列支的一座建築物，就是外表看來像蒙特里安的畫一般，由紅、白、藍線條組成的奇特房子。很早就出發，過了幾個景點，抵達著名的 Rietveld 建築時，才午後三點，非常雀躍，以為可以進去流連一二小時，然後施施然乘車回阿姆斯特丹運河邊的旅舍。

房子的大門緊緊關上，是休館日？按鈴一陣倒有人來開門。問可不可以參觀他們這博物館，答案是不可以；必須在二時三十分前到達，與其他訪客組合，由館內的導賞員帶領才行，其他時間，不開放給二三遊客。我問道，朋友和我遠道專程而來，可以繞個圈，很快看一眼就走？不行。只好飽吃了一頓閉門羹，在屋外逗留一陣，步行回烏特列支火車站。在歐洲許多城市，除了火車站外，街道上並不易見到計程車，尤其是遊客不多的小鎮，交通是方便的，這是對當地人而言，對外人來說，公共汽車行走的方向、路線、上車購票還是在路邊購票、用紙幣還是硬幣，都不懂，主要是不懂當地的文字說明。一面在路上走，一面埋怨：博物館不近人情，讓我們進房子看一眼也不行？不過是一座兩層樓的房子，動作快的話，十分鐘就看完了，又不是羅浮宮。

走着走着，忽然經過一座樓房，寫着音樂鐘和管風琴博物館，六點鐘不到，還開着門，那就不要錯過了。音樂鐘可以很小，我們日常在家用的鬧鐘，就是音樂鐘的一種，不過響的不是音樂，而是嘩啦吵鬧，目的是把人鬧醒，準備隨時被人當棒球扔走。這種鬧鐘，在明清朝由西洋修士傳入中國，大受歡迎，因為皇帝勤政早朝，在御門聽政，五更時分就該早起到乾清門候駕。這個大老闆，遲到了，可能要殺頭。貴族、大臣於是無不向洋官示好，希望分得一個自鳴鐘。北京故宮，自鳴鐘可以獨立成館。

家居所用的音樂鐘較小型，在外國街頭亮相的就大了，足足有一輛貨車的體形。我在紐倫堡的街頭見過，漂亮的玩具。德國人看來很嚴肅，紐倫堡卻可以整條街都是各種玩具。在荷蘭，也不必特別走進博物館尋找，那車子有輪，在街上到處走。在阿姆斯特丹，它就泊在火車站外不遠近老教堂的廣場，叮叮噹噹，免費聽，比雪糕車好聽好看，因為那車像舞台，打扮華麗，車上的人偶還會舞蹈。

烏特列支博物館裏的音樂鐘多姿多采，管風琴也個個能演奏，館內有嚮導講解，我聽不懂，但見觀眾哈哈笑，小朋友又特多。紀念品部好像沒有大音樂鐘出售，有也必定昂貴，貨車那麼大，如何搬回家。小的呢，還是免了，我們中國人從不把鐘當禮物送人。啞口無言的倒可以搜集，就是紙藝品，七八頁硬紙板一套，剪上圖畫，摺摺糊糊，就摺成一輛音樂鐘，只是不會唱歌。那車卻美麗，高度像真，適合回家作手工。

幸而碰上音樂鐘博物館，不但買到摺紙玩具，還買到一幅漂亮的海報，如今仍掛在家中牆上。我喜歡買海報回家，眾多作品之中，音樂車海報看之不厭，所以一直掛着。那幢 Rietveld 建築，我曾抱怨，如今一點兒也不怪館方的規則，因為後來再去，才知道那房子內部會變形，拆解了，再重構，必須由專人帶領，一邊分拆一邊講解。

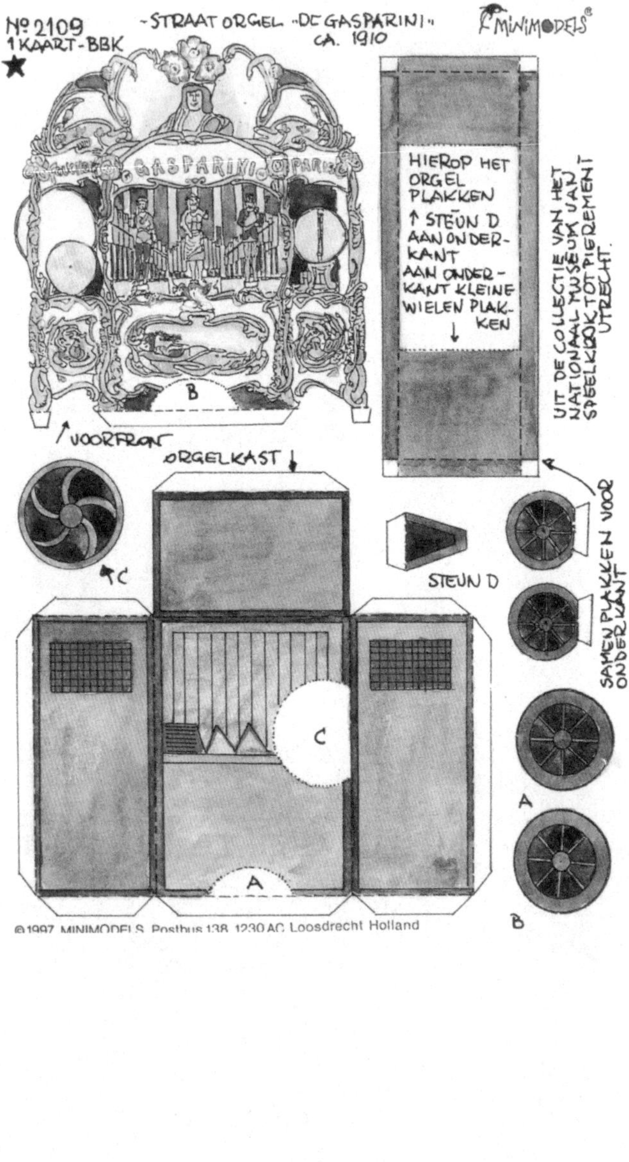
Nº 2109
1 KAART-BBK
-STRAAT ORGEL "DE GASPARINI"
CA. 1910
MINIMODELS®
GASPARINI
B
VOORFRONT
ORGELKAST
HIEROP HET ORGEL PLAKKEN
↑ STEUN D AAN ONDERKANT
AAN ONDERKANT KLEINE WIELEN PLAKKEN
UIT DE COLLECTIE VAN HET NATIONAAL MUSEUM VAN SPEELKLOK TOT PIEREMENT UTRECHT.
C
STEUN D
SAMEN PLAKKEN VOOR ONDERKANT
C
A
A
B
©1997 MINIMODELS Postbus 138 1230 AC Loosdrecht Holland

Nº 2096
KAART 6 (v 6) - CARD 6 OF 6
★★
MINIMODELS®
GATEN VOOR DRIJFRIEM - HOLES FOR BELT
DRIJFRIEM KAART 3 - BELT CARD 3
ORGEL KAST ORGAN CABI- NET
TEGEN VOORKANT PLAKKEN - GLUE TO FRONT
MOTORKAST - MOTORCASE
LINKS LEFT
MIDDEN MIDDLE
RIGHT RECHTS
OP LUCIFERS PLAKKEN - GLUE ON MATCHSTICKS
© 1995 MINIMODELS Postbus 183 4100AD Culemborg Holland
ALGEMEEN - GENERAL
SNIJ- OF KNIPLIJNEN - LINES FOR CUTTING
INRILLEN, NAAR ACHTEREN VOUWEN - SCORE + BEND BACKWORDS
INRILLEN, NAAR VOREN VOUWEN - SCORE + BEND FORWARD.
PLAKPOSITIEBEPALING - POSITION FOR GLUEING

Nationaal Museum
van speelklok tot pierement
...Tsingboem
PARINI
Fm

時間

讀過文字，閱過圖畫，只等看實物了。那就去看實物吧。於是，又來到天安門的城樓底下。三十年前，到這裏來，因為約了莫言。那日天氣寒冷，跟莫言之前並沒有見過面。心想，如果我手持一頁大白紙，寫上莫言二字，像賈平凹在火車站接莫言時所做的方法，會不會惹來公安的干涉，以為我在抗議甚麼？不過，莫言原來已經站在城樓底下，手持一本《紅高粱》。一九八七年，真是多麼遙遠啊。時間都到哪裏去了？八九年是我最傷心難過的日子，那年十月，我進醫院接受治癌手術，出院後磨磨蹭蹭。十五年後，由於手術後遺症，又成為左撇子。

這天，頂着鵝毛細雨，進入天安門區，遙見廣場如昔，人頭湧湧，好像甚麼也沒有發生過。我轉身進入故宮，我只是到故宮來看實物，我來看新開放的慈寧花園、慈寧宮，以及圖畫裏見過的養心殿、南書房。當然，我心中還有一座壽安殿，那裏眾多的石榴樹是否留下過一點種子？壽安殿到何年何月才會開放呢？我不可能有體力再來了。那就先看看慈寧花園吧。一年三季，遍植丁香、玉蘭、海棠、芍藥、牡丹，濃蔭綿密的花園，一朵花也沒有了。幸而園子還在，滿園及膝的野草都已清除，水池上的臨溪亭安然無恙，亭下卻沒有一滴水。園子就剩下清爽的卵石小徑，矮矮的假石山，高大的扁柏、圓柏，伴着低矮的宮殿和稍遠的樓層，所有門窗都緊緊關了。非常靜，只有三個遊人偶然進來。濃蔭守護着這塊土地，一切帶着遠古的靜寂和幽雅，撲蝴蝶的影子、放風箏的繩索、蹴鞠的小鞋，都影影綽綽，把一切的輝煌和彩藻推得遠遠地，守住自己的寧謐。

慈寧花園一側曾是當年朝氣勃勃的宮廷造辦處，各種作坊的工匠、設計師在那裏創造了多麼巧奪天工的盆呀碗呀、玻璃花瓶呀、自鳴鐘呀、刺繡呀、青瓷呀，那一排矮房子都看不見了。土地都翻轉着，露出明朝留下的磚石，留下一個個考古場的洞洞。

養心殿離慈寧宮不遠。剛走到遵義門前，卻被一把鎖鎖住了眉心。由於維修的緣故，養心殿並不開放。抬頭只見紅牆的另一邊高空架起手腳架。啊，想起來了，大概不是維修，而是要把那些槅扇牌匾和幃簾都拆下，運到香港來展覽吧。那也好，回港看也不錯，但養心殿那座有趣的抱廈呢？甚麼是抱廈？就是建築物或前或後接建出來的小房屋。還有那座漂亮的琉璃瓦影壁呢？從遵義門的門縫中看進去，只看到一點點，正中的圓花飾還露出一些花卉和動物的輪廓，也只能這樣了。

南書房在乾清宮西南角，書房的確很窄，但長，如今是古代石雕作品的展館，漢代雕像比唐代更有韻味，唐三彩則另有光輝。乾清宮內的南書房變了雕塑展館，而乾清宮外的這個外直角彎區竟成了衛生站，換言之，是廁所，擠滿了人。大家都圍着看「正大光明」四個字。乾清宮還沒有翻新，灰濛濛的，這樣反而更真實。這是個傷痕累累的地方，帝王們難道會不明白得民心者得天下，結果又怎樣？鐘錶館裏有那麼多西洋人送的鐘，果然把大清帝國送走了。

書店躲在御花園的假山東面，我帶了幾本書、一個日晷形玩具陀螺步出神武門。玩具的盒子上寫着：時間都去哪了？何必問，連這樣問的時間都被日晷吃掉了。

时间都去哪了
日晷
WHERE HAVE TIME GONE?

紙無限

以前，想買書，會上廣州走走。有一陣，則上深圳。常常上深圳，因為路途更近，而且，深圳的書店，有不少科幻作品，比較齊全，中外兼備，譯本都不錯，除了創作還有理論。當然，網上也可購到科幻書，就是少了逛書店的樂趣，又不能把書本拿在手中先翻翻。書店還是購書的首選，深圳去多了，又想起了廣州的購書中心。

真是久違了。廣州的購書中心原來也變成了商業購物中心。除了原有售賣運動用品的背囊、文具用品之外，二、三樓都設立寬闊的茶座。一壺茶、兩塊餅乾，可讓年輕的茶客消磨整個下午。環境舒適，小桌上還擺設了鮮花，隨意安放的雙人或單人沙發都被佔滿了。人人拿着書翻看，或者相互討論，還有人攤開書頁，用手機拍攝。這些書都從書架上取來，看過了仍放回架上，也不必買。難怪所有的書都用膠紙密密封裹。讓人翻看沒有封的一本，卻總是見不到。

一張長桌前也圍滿了讀者，每人前面都有一杯飲品，插着飲筒，四周也是座無虛設。這裏的確是看書的地方，也是社交的場合。樓梯上、圍欄邊都有大人小孩坐着看書。誰説這裏不是書城呢。童書部更熱鬧，科普書一直是強項，不過，如今卻有強勁的對手，四周都是漫畫和電影帶來的商品，書本以外，還有令人吃驚的機械巨無霸。全套兒童臥室家具出現在樓層正中，展品是床、衣櫥、桌子、椅子，簡直是家具店了。

我沒有找到科幻作品，書的確很多，都是可買也可不買的，於是，就不買了。結果，還是買了一樣東西，想想也好笑，我在購書中心買的並不是一包書，而是一包玩具。購書中心的入口，除了中央放滿書外，四周都是玩具和甚麼茶葉、首飾、絲巾等物的小店，我當然被玩具吸引過去了。於是買了紙無限的砌圖玩具，又落入玩具的天羅地網。

書店兼售玩具有何不可，中外許多書店都有童書部，兒童喜歡看書，更喜歡玩具，而且，許多童書本身就是玩具，像立體書、摺紙書等；我有一本書，打開來竟是一座玩具屋，真正是書中自有黃金屋了。書店售玩具，和書店內設茶座都不是壞事，只看辦得好不好，不宜喧賓奪主吧。那麼，書店售些甚麼玩具呢，我就去細看了好一陣。原來和童玩部的甚麼塑膠、積木等不一樣，竟是特別設計的砌動物手工，砌的方法也算巧思，用很簡單的幾個步驟，把紙片組裝成立體的動物，不需要膠水和漿糊。除了砌紙外，每份手工還包括一個動物故事，並且可以上網看動畫。玩具才人幣八元一份，可說價廉物美，共有兩種選擇：易或難。難的一份是兩片紙疊在一起砌，十分有趣。設計玩具的公司名叫「紙無限」，的確是，只要用心思，紙玩具的潛在構想，應該是無限的。既然是用心設計玩具，我當然支持，各買了一些。別的人怎麼會明白呢，這麼簡單的玩具我也會買？我的理由是這樣：如今我只能動用一隻手，很少很少的手工設計會照顧獨臂左撇子。

紙糊

買了一籃蔬果，可不是為了烹調甚麼餐食，因為這籃蔬果是手工藝製品。滿滿一整籃，足足有九件，紅的紅，綠的綠，黃的黃，最特別的是，一律亮晶晶。是甚麼蔬果呢？一隻蘋果般體形的是青椒，兩隻又矮又肥白白黃黃的是洋蔥，還長鬍子哩。兩隻一紅一綠等腰三角形的是辣椒，翠綠肥胖的傢伙是玉瓜，紅身綠葉的是蘿蔔。六隻成一組。另外三隻是怪胎，滿身凹凸者是馬鈴薯，兩隻是塑膠材料。最後一件像檸檬形狀，但不是檸檬色，竟是咖啡色，而且很重，是木頭刻成。不知是何物。真是一堆雜牌軍。後三件我把它們放在一旁，只說說六個一組的蔬果。有甚麼好說呢？因為它們是比較特別的手工藝，叫做紙糊。這紙糊遊戲當然可以應用在熊、牛身上。紙糊之外，還可以繪畫、塗色。事實上，在歐洲柏林、布拉格等地就曾到處看見這種花牛、彩熊，牛和熊是一模一樣的，參加紙糊、繪畫、塗色的，可是不同的藝術家。記得香港也舉辦過學生塗小熊比賽。

玩具蔬果並不少見，有的用布做，有的用木做，甚至有泥土做，更有以毛線織成。事實上，用紙做的也不缺，可以摺，可以先做成紙漿再黏合。我買的半籃成品，就是以紙黏黏貼貼糊成。這種手藝，歐洲很流行。多數糊的是翻新舊物，例如舊盒子、舊相架、舊桌椅、玻璃花瓶等等。用的材料只是紙和漿糊。各式各樣的紙都行，不太硬即可，包禮物的紙啦，各種花卉圖案啦，最受青睞的是黑白的新聞紙，有圖有字，還有舊聞可看，而且易找。

紙糊怎麼做呢，先把要糊的物體清潔一下，原件有疤痕、被弄花、色彩不均勻都不礙事，自會一一掩蓋。準備好紙張，用漿糊塗在舊物上，把紙黏上去就行了。當然，有些作品要求工整美觀，手工得靈巧些，紙張不可皺巴巴。如果只是糊個動物甚麼的擺設，紙張可以黏得豪放些，重複拼貼，撕碎紙條，大可自由發揮。如果不滿意，再貼一層兩層三四五層紙，直到滿意為止。黏糊乾了，也完成了。為了令成品明亮光彩，可以塗一層光油，那就亮晶晶了。

半籃子蔬果，就是以紙糊成，畫上顏色，最後加上光油，推出市場。它們做得不錯，首先是形體，和實物相似。其次是糊工，用的紙較薄，顯然是雪梨紙之類，重疊部分貼得平滑，沒有凹凸不平的效果。然後是顏色，蘿蔔和青椒都是多色，分佈有序。洋蔥加鬚根更顯得生動。果藤用手擰成螺旋狀也增添些像真味。紙糊大概是法國傳出來的吧，所以名字是法文 décopatch。

這一陣，百貨公司也有紙糊材料上市，材料方面有各種花紙，有光油，且有動物等可糊紙的模作。其實不必買特別的材料，自行另購可省錢。我麼，就買一頭熊吧。熊體曲曲折折，較難糊，糊了半天，好歹完工，比蔬果差多了，委曲了我的一本 William Morries 花紙。差就差，遲些可以再糊，也可送給小朋友去糊，我還有一本中國古典花紙，裏面有桃子、仙鶴、蝴蝶等圖案，名叫《紙醉》。

提起桃子，我收藏了幾個好看的水果哩，它們是陶土，一個蘋果，一個石榴，兩個佛手，顏色古樸，造型典雅。中國的許多陶瓷真可稱天下無雙。

陞官圖

新年到，新年到。新年到就該做新年該做的事，大家見面齊說恭喜恭喜，出外去拜年，帶備一手袋利是。家裏總是熱熱鬧鬧，一片新年的氣氛。記得在我家中，過年是特別忙碌的日子，尤其是大年初一，由於家中有父母坐鎮，另築愛巢的手足都指定到我家，麻雀雖小，卻是團拜的大本營。午飯過後，三五成群的親戚都帶着兒女、孫兒女一齊大駕光臨。於是，細小的房間可以一分為三，一組展開攻打四方城，另一組則成為小朋友的樂園，還有一組的人聊天、看電視。我的工作不多，只像蝴蝶般沖茶倒水團團穿梭。所以能夠如此悠閒，皆因家中一直有大妹主理，年卅晚已經開始在廚房中宰宰切切，翌日清早已用平日蒸年糕、蒸粽子的呎半高大鐵鍋烹調起魚翅鮑魚雞湯。晚飯當然是發財大拼盤、魚蝦豬牛等等輪番上桌。下午當然是點心先行，又是煎年糕、蒸餃子、煮湯糰。而我，不過是佈置一下家居，插枝桃花、擺兩盆水仙、貼幾幅揮春而已。最多再請些吉祥動物出來助興。

晚飯以八寶飯告終，筵席散去，遊戲節目開始。我家傳統的新年遊戲有三項：玩陞官圖，擲狀元籌，買魚蝦蟹。玩魚蝦蟹最容易，根本就是買大小的選擇，不同的是有三項選物，而且要有專用的圖紙和骰子。遊戲簡單，且流為賭博，我以為沒甚麼意趣，但大家嘩啦啦大叫大嚷，也算一家人難得的熱鬧。狀元籌比較有變化，六粒骰子，點數不同，每一次擲出來都是新局面。只要五粒骰子相同就是五子狀元，六粒相同就是全盤狀元。依骰子變化會有榜眼、探花、會元、進士、舉人和秀才的分別。所以，擲得一粒紅四，也算得了功名。當然，如果五粒骰子全是紅色，就是三元及第了。玩擲狀元籌要參加者動腦筋，懂得每組骰子的配搭，否則，看漏了眼就錯失了功名，比如六粒骰子剛好是一二三四五六，應是榜眼、探花，常常以為只是雜亂的組合哩。

陞官圖就複雜多了，是反映官場複雜麼？中個狀元原來也不過是小兒科。陞官圖的圖表一攤開來，令人大驚，單是上得了名目的官員已經密密麻麻。帝制時代官階的圖表很仔細，清朝承繼明朝官制，所不同的是多了個軍機處，又有滿蒙漢不同的官階，名稱也相對有所改變。陞官圖的排列法是由外向內走，圖表的外圍都是些庶民似的閒職，有待應考爭取功名向上爬。圖表中層才是真正的官員，愈向內圈官職愈高，大概由最低的九品官起，向上爬升到八七六五四三二一品，還得由從品再爬上正品。其中分列吏、刑、工、戶、禮、兵六部，又有寺、監、院、府等職。如何爬升，如何鑽營，就看各人的運氣和手段了。陞官圖從內圈的角度看出來，可也是一張貶官圖，這是「彼得定律」，官擢升到自己不能勝任的位置，就成為政府的負資產。

歲末大掃除，竟掃出一幅陞官圖圖表，真是我家的前朝遺物，正適合新年假期聚眾遊戲。不知有沒有人還會參加這麼老套的玩藝？一面看圖一面問朋友，若一定要他當官，選個甚麼官最舒服？他想來想去說，這不是平生志願，真要奉召，到欽天監去當個博士也許少些麻煩，可以坐井觀天，不管人間糾葛，那可是個從九品小官。足以餬口就夠了，他說。至於我，到太僕寺馬廠當協領吧，也是從九品。其實清朝根本沒有女官，樂得無官一身輕。時代變了，女官漸多，雞年是屬於她們的吧。誰會陞官呢？我們就追隨童謠猜猜好了：

「何家母雞何家猜，

何家公雞喔喔啼。」

那麼狗年呢？

「小狗汪汪叫，

不會走路了。」

狗年陞官好不好？啊，大律師告誡說，切勿叫人做狗官。

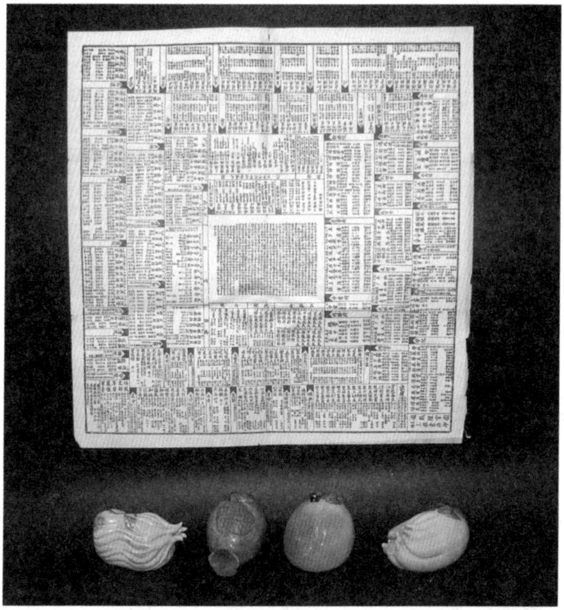

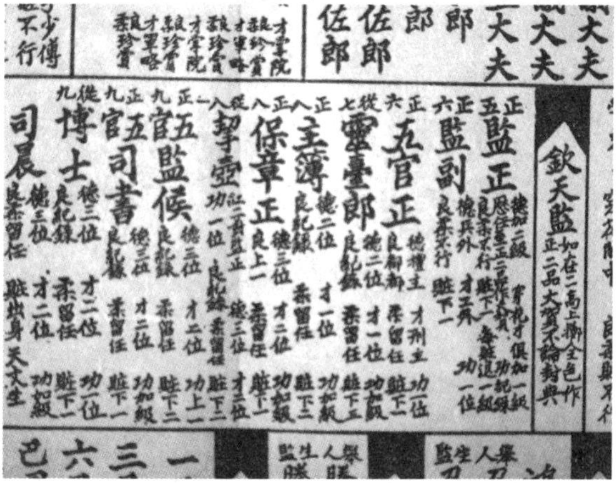

欽天監
監正
監副
五官正
靈臺郎
主簿
保章正
挈壺
五官監候
五官司書
博士
司晨

動物園

終於見到了比較理想的動物園了。動物園在早上八點開門，我吃過早餐就起程，因為路途稍遠，從市中心的酒店到郊外的地點需半個小時以上的車程。當日天氣晴朗、無雨，正是遊園好時光。為甚麼一定要到這裏的動物園來呢？是呀，我早一陣到處去逛過不少同類的園了，一般式的、野生專業的。基本上我是反對動物園的，說得不好聽，那其實是動物監獄。可是人尚且不能自由自在，何況是其他瀕臨絕滅的動物呢？監獄也有善待囚犯的監獄，更多的是惡待囚犯的監獄。有些動物，受了傷，或者幼小失去母親，在野外不能生存，就只能住在動物園。我最近見到的一座比較好的動物園，是哪一座？又有甚麼特別？這座是成都動物園，四川可是熊貓的故鄉哪，但我的目標倒不是看熊貓，我想看的是我最喜歡的金絲猴和長臂猿。

早上九點多，我到了動物園，園門外是寬闊的廣場，有足球場那麼大，才走到售票處，我是長者，免費，拿着身份證就進園了。迎面見到穿着「成都動物園」墨綠色T恤的管理員，立刻請問，金絲猴在哪裏呢？他用手指指身邊一條小徑說，上去就是了。我多羨慕他的那件T恤呀，可惜是買不到的。

金絲猴的生活區裏有三隻猴子，是牠們了，藍色的嘴唇，仰天的鼻孔，沒有鼻樑，橄欖般的小眼睛，身子可健碩，手腳粗壯，身手靈活，一會兒跳上木架，忽然又握着繩索抖動，一晃就飛身翻上鞦韆板上，然後，不斷轉到牆洞朝裏面張望，瞧一陣又出來翻騰跳躍。三隻猴子，顯然是一家大小，爸爸最大塊頭，唇邊有肉塊，媽媽同樣不弱，小猴大概幾個月大，自個兒在繩索陣中升降。

園中的動物之家都經過特別設計，只見生活區內根本見不到地面或泥土，因為全區半個籃球場大的全長滿了一米高的植物，不是離地三、四吋的短草，而是長得和成人一般高的各種不同的植物。動物，甚至大猩猩，如果高興的話，躲在草叢中，誰也找不到牠們。生活區的其他空間實則是密密麻麻的繩索網，掛着繩梯、鞦韆架、木板、木筏架、木休憩台，真像繩索的蜘蛛網。

為甚麼大猴子常常到壁洞中往裏瞧呢？我轉到旁邊的牆另一個入口去看了，原來看見了金絲猴的餐廳了，一個大房間正中有貼着背牆頂天立地的木梯架，頂上另有通道連接到生活區。真巧，開餐了，管理員姐姐抱了一大籃食物進來，朝食物桌上一倒，一桌一地都鋪滿了新鮮清潔切碎的香蕉、蘋果、梨子、芹菜、椰菜。於是，金絲猴，居然有十多隻之多，都從牆洞口蓬蓬蓬地跳下來，找自己喜歡的食物。大猴坐在桌上選得一手滿滿的，其他的則在桌的四周撿食。只有兩隻母猴才可以也坐上桌子。牆邊另有一大盆水供飲用。

金絲猴的臥室則在生活區背後，空間同樣大，是有屋頂的房間，有床架和鋪位，較暗，適合休息和睡眠，也可避雨。和金絲猴住同樣的生活區的有鄰近的長臂猿，內有白眉長臂猿和白頰長臂猿。至於狒狒和山魈牠們則不需要長草的園林了。圍着動物生活區的物體是鐵絲網，外加玻璃，這樣，老虎也不會伸出手來和遊客握手。動物園的屋頂是露天的，但也用網密封，並在網上鋪上綠色網罩和玻璃瓦，以免把動物曬傷。圍網上掛着牌子：請勿餵飼、動物下午五時休息。所以，五時正，動物園閉園。

成都動物園所以值得學習，因為園內不設動物表演，不設吵鬧的機動瀏覽車，沒有人可以請猴子吃糖果，或者扔入水瓶要山魈讓人拍照。到處有休息的地方和洗手間，參觀動物有地面和高地兩個不同的方向，園內有獅子、老虎、月熊、長頸鹿、犀牛、企鵝、獴，等等。當然，還有熊貓，其中一隻，像人那樣仰睡，露出個大肚皮。

情人節

常常想做這樣的一件事：每逢情人節，到環境漂亮的大街上去賣自己設計的布公仔。這樣做，是因為看過一本書，說西班牙某個小鎮的風俗，或者是拉丁美洲的小城也說不定，到了情人節，年輕人會到街上去，向過路的戀人賣節日的禮物。甚麼禮物呢？一對布偶。男的布偶手持一枝玫瑰花，女的則手持一本詩集。這應該是一份夠浪漫的禮物了。

那些日子，我正在學縫布偶。有一天，在商場逛，見到店鋪的飾櫥內掛着小小的告示，是招生做布公仔的廣告，圖中的一對布偶我很喜歡。進店一問，原來要學會可也不簡單，因為圖中的布偶是畢業試的作品，想縫那樣的作品，要經過初班、中班和高班三級，要學齊全部的針法和工序。我說好，我學。於是交學費，每周上課，每課兩小時。老師教得非常好，三時正上課，分派材料，坐在長桌一邊，一邊做一邊教，非常專業；五時正一到，立刻放學，回家繼續。這老師是從日本學藝回港執教，考取過文憑回來的。我們畢業後，也可得到日本公司的文憑。一位同學和我一齊學，她就是要考取文憑，以便開店並教學生。

初級班是做三個五吋高的布公仔，一男一女，一黑一白，除了縫軀體四肢頭髮外，還要設計服裝，女娃穿裙、男娃穿褲。中班也是做三個公仔，都是女娃，卻是八吋高，服裝較複雜。高班只做一個布娃，是著名的一呎半高的美少女。最後才是我喜歡的一對布公仔，也是美國兒童故事中的 Ann 和 Andy。畢業作品的確增加了許多難度，像側身斜縫、衣服就是肢體等。女娃除了穿三條裙外，圍裙還得把學過的針法展示。同學問、怎麼背個黑人娃娃？我說，有何不可。

上完縫娃班，我又跟老師學了她設計的娃娃。後來才自己設計不同的布偶。我也算努力，布娃愈縫愈多，都送給大小朋友了，如今只留下安和安迪。

情人節賣公仔的夢想又怎樣呢？我雖然會做布公仔，可是不會做詩集。如今做一冊微型詩集，可以用電腦，但當年不行。我的玩具屋裏書房桌上想放兩本微型書，得到英國去訂回來。兩本一套的《格列佛遊記》，兩厘米高，硬皮精裝本，文字螞蟻般小，每本一百港元。現在自製，不用分文。做詩集可真簡單極了，可用的詩才多呢，依莉莎白．白朗寧、羅拔．彭斯，都是首選；中國的詩，一本《詩經》，可以讓人讀多少個晚上啊，而且沒有版權。

除了布偶、詩集，情人節的禮物還有不可缺的花朵。這也不難，可以用絨線編織，也可以用絲帶手做，教人製花的書本非常多，圖書館、文具店、裁縫鋪都有。最近，坊間興起一股砌玩具屋的手工藝，一座半米高的房屋，十多間房連花園，內部的家具都有材料配備，自己製作；還有砌一座溫室的，全數花朵一一細心指導，提供作材，真是學習手藝的好機會。那麼，說到底，我會不會到街上去售賣布偶呢？家中已經沒有甚麼布偶了，也難以再縫，還哪有眼力呢，我恐怕也未必會寫詩，寫了，也不好意思送人。

哦，情人節是年輕人的，寫詩的年輕人，何妨在這節日上街賣自己創作的詩集？當年拉丁美洲的詩人就是這樣的，在街上、在公車上、在咖啡室裏賣，文學就是這樣爆炸起來的。

SCHOOL

童話

謝曉虹送過一本童話書給我，是一冊圖文並茂、漂亮的精裝本。我非常喜歡，因為內容是卡爾維諾編寫的《意大利童話》，我是「卡粉」，自然雀躍。我雖收集了卡的許多版本作品，卻沒有繪畫的童話集。那麼特別的書，我卻只能看圖畫，無法閱讀，不知故事如何，因為是意大利文。

卡氏作品，我都讀過了，之前已有譯林的全集，加上一些其他後來見到的，以為再無新作，所以並不留意。於是錯過了兩本書，一冊是《聖約翰之路》，另一冊是《宇宙奇趣全集》，前者是五篇散文，第一篇寫作者的父母，他們都是熱帶植物學家，末篇則有新的書寫面貌；此書，我推薦給黃怡，因為她的父母也是植物學家。後一本竟是《宇宙奇趣》新編入的故事，其中寫 QFWFQ 不但有妻子，最後還不得不被作者殺死，令我很傷心。我近來重讀卡爾維諾，於是決定也攻打朋友送我的童話集，像尋寶遊戲。

繪本童話集雖然只選了四篇故事，但卡氏編寫的童話集共有二百篇故事，有點像大海撈針。幸而，繪本有圖畫，英文版的《意大利童話》，目錄上有齊二百篇的題目，足以配對。首先，我把圖畫都仔細看了一遍，有一篇的圖畫畫了很多次戒指，又有貓和狗和魚，又有宮殿。於是，就看童話的目錄，第四十二篇名叫〈魔法戒指〉，讀了內容，果然不錯，找對了。故事說青年人因為幫助老人家挽水，得到一隻魔法戒指作贈品，還得到貓狗各一，並且娶了美少女。哪知妻子偷了戒指陷害丈夫，後由貓狗的幫助得回戒指，懲罰了害人者。

另一篇童話也是看圖找到的，因為圖畫繪了許多籃子，裝滿了水果。我找到的題目有一則是〈跟梨子一起被賣掉的小女孩〉，但內容似乎又不像。結果也找到了，原來是第四十七篇〈吃不厭無花果的公主〉。說是有個公主，喜歡吃無花果，吃之不厭；國王於是說，能夠阻止她吃的青年，可以娶她為妻。許多人試過都失敗了，因為她總是把青年人帶去的滿籃無花果都吃光。結果，一個幫助人的青年得到魔棒禮物，也帶了一籃無花果前往。公主吃光一籃水果，青年人用魔棒一點，空籃又滿了，公主吃之不盡，只好說吃膩了。

第三篇也不難找，因為圖畫特別出眾，房子都是斜的。應該是刮大風的緣故。果然，第八十三篇是〈北風的禮物〉。有個農夫，因為北風把農作物都吹壞了，就去找北風幫助，北風送了他一個盒子，說要甚麼，打開盒子就可得到。哪知盒子的秘密被壞人得悉，還騙去了。農人又向北風求助，得到第二個盒子。壞人又來騙取，並用以招待大官員來吃大餐，這次盒子打開，竟是跳出來一群持棍大漢，把眾人狠狠打了一頓。

最後一篇有點困難，因為我不會上網，但圖中有羊、手風琴、國王、監獄、舞蹈等，結果是猜到的，因為從文字猜想，montagna 是山，casa 是房屋、山洞，mori 是死去，agnello 是羊，organino 是手風琴吧，就是第六十篇〈牧羊小伙子做國王〉了。圖畫是 Irene Rinatdi 的作品，知道她在羅馬誕生、工作，一直從事繪畫。

Il giovane le fece tanti ringraziamenti
e se ne andò, ma a tutte le cose che ave-
va detto la vecchia non ci badò né poco
né tanto, perché non credeva nemmeno
a una parola. "Discorsi da vecchia" si dis-
se, e non pensò neanche a dare un giro
all'anello, tanto per provare. Uscì dalla
città e il cane e il gatto gli trotterellava-
no vicino; lui amava molto le bestie ed
era contento d'averle con sé: giocava con
loro e li faceva correre e saltare. Così cor-
rendo e saltando entrò in una foresta. Si
fece notte e dovette trovare riposo sot-
to un albero; il cane e il gatto gli si cori-
carono vicino. Ma non riusciva a dormi-
re perché gli era venuta una gran fame.
Allora si ricordò dell'anello che aveva al
dito. "A provare non si rischia niente"
pensò; girò l'anello e disse: — Coman-
do da mangiare e da bere!

La figlia del Re
che non era mai
stufa di fichi
Romagna

IL REGALO DEL VENTO TRAMONTANO
TOSCANA

Un ragazzo guardava il gregge. Un agnello gli cascò in un botro e morì. Tornò a casa e i genitori che non gli volevano bene lo sgridarono e picchiarono; poi lo cacciarono di casa nella notte buia. Il ragazzo girò piangendo per la montagna, poi trovò un sasso cavo, ci buttò delle foglie secche e s'accoccolò alla peggio, rattrappito dal freddo. Ma a dormire non riusciva.
Nel buio, a quel sasso venne un uomo, e gli disse: — Tu hai preso il mio letto, temerario. Cosa fai qui a quest'ora?
Il ragazzo pieno di paura gli raccontò com'era stato cacciato da casa e lo supplicò di tenerlo lì per quella notte.

鈕扣

說來奇怪，我居然會儲存起鈕扣來。我又沒有許多衣服，哪來許多鈕扣呢？這就和二手衣衫有關了。少年時住在紅磡，門、窗對正黃埔船塢的圍牆，只隔着一條馬路，圍牆足有一條街那麼長。在馬路上走，不知道牆內葫蘆賣甚麼藥。但我住在二樓，面對的是一座巨大、荒蕪的船廠，堆了些廢銅爛鐵，平日沒人走動。所以這條街空氣很好，二樓以上的住宅，窗外全是無敵海景。遠望過去，看見尖沙咀天文台懸掛的颶風訊號黑風球。

船塢是我們這條街區的時鐘，每天正午十二時和傍晚五時，會各發一次笛號，那是放工的訊號。中午的時候，上百的工人都從船廠出來吃午飯，地點正是船廠圍牆邊的一列大排檔，少數早到的坐上排檔的矮凳，大多數人就蹲在路邊，青蛙似的捧着飯吃。我知道味道極好，因為吃過。

早上，街上卻是另一種風景，因為許多小販在馬路上擺地攤，上菜市的家庭主婦都到這裏來逛，一般的生活日用品，甚麼衣衫鞋襪、剪刀絲線、老花眼鏡、廚房用品、塑膠盆桶，一應俱全。一日，忽然出現了一個佔地特大的地攤，堆滿舊衣物，原來不知哪來的二手貨，從哪個救濟中心挪了出來，都是二、三元一件。衣衫的品質極佳，看似外國貨，而且冬衣最多，全是漂亮的呢絨，甚麼大衣、背心、夾克、西裝褲，都來自紳士淑女的衣櫥。夏衣又多連衣裙，鑲滿蕾絲、蝴蝶結、花邊刺繡，直看得人傻了眼。衣服可能不合身，但鈕扣可以再用，那些鈕扣，有貝殼的、珠子的、皮革的、繩結的、銅的、鐵的，各種形狀和色彩，攤了一地，風塵僕僕，看着也傷感，有的從淪落的豪門走出來，可有的，根本從沒獲得知遇。

二手舊衣擺攤了約一個禮拜又消失了，而我竟愛上了漂亮的鈕扣，每天去選鈕扣，衣服不合穿不是問題，我買的是鈕扣就是了。幾塊錢的低價，我還買到海軍藍雙襟的長大衣哩，真是又暖又帥，質料、裁剪縫工皆不簡單，才知道甚麼是好衣服。

去買衣服，老朋友衣莎貝告訴過我，首先選顏色，其次選質料，第三才是款式。如果款式漂亮，質料差，一洗就變了樣，甚至縮了水，再漂亮也是浪費，除非本來就打算只穿一次。至於顏色，人人膚色不同，要有自知之明，有些人就不適合粉紅、翠綠、檸檬和鮮橙。我另一位鬼靈精的朋友難得同意，說男人選老婆也是一樣的，怕會變色、會縮水。

我選衣服會看鈕扣。好的鈕扣必定會配好的衣服，反過來說，好的衣服必定要配好的鈕扣，彼此彼此。例如一般的襯衫，配上貝殼鈕就很典雅，若用塑膠製品，品味就降一級。所以花邊厘士的女衫就該配珍珠鈕扣，毛線外套配皮革繩結交纏式鈕扣最合拍。制服上的鈕扣就該是銅的或金屬的。有的設計師以設計鈕扣著名，像 Paul Smith，也許有人會因為喜歡他的鈕扣而買他的時裝，我不會。不過我喜歡弟妹們把他們的舊衣送給我，如果有漂亮的鈕扣的話。當然，我在縫紉用品部也會碰上好的鈕扣，細心注意，有趣的鈕扣其實無處不在，只看自己的運氣，朋友又說，這叫緣分了。有人做出了三孔鈕扣，有人在扣孔上縫出文字 ZZZ、FUN、CAT、MOON……

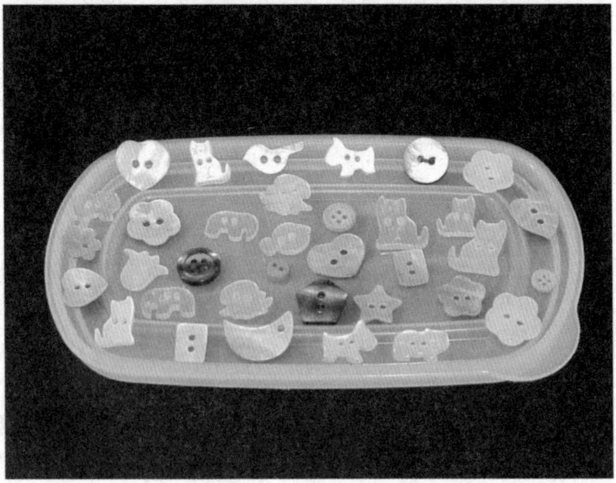

黃金屋

內地的朋友寄了幾個石庫門的小屋子給我，因為我小時候在上海生活。想到書中自有黃金屋的句子，我的確見過不少書中有屋的書本，有的是畫出來的，有的是摺紙的，有的是立體彈弓般騰躍出來的，各有各精彩。今天，我又遇上另一幢屋子了，而且足足有四層樓那麼高，共有八個房間，屋前屋後還有花園，對住在大廈內一個單位只有那麼二房一廳的住客來說，當然是「黃金屋」了。

在書店的桌上看見一本書，明明是一本書，大小厚度都和電話簿一般，封面上寫着「玩具屋」，那我又好奇了。打開來看，果然是玩具屋；不過，在盒子裏的屋子暫時仍是碎片，買回家得把碎片砌成才行。幸好書本不重，我就買下帶回家。屋子不重，因為建材全是發泡膠，膠面糊上圖畫紙。我其實很抗拒發泡膠，但這次由於設計特別，讓步一次。

書屋內有一冊砌作指南，依照指示輕易完成，由地板開始，五層橫板，插入三幅牆板，一幅間板，加上大門板就建成了。很容易，因為都是互相扣搭的結合法，不需膠水黏合，清爽俐落。每個房間的牆、地板、天花，也都畫好，家具也全配砌一下就可放入。一家四口，也有僕人，另有貓狗各一，盆栽兩株，建成的房子高約四十二厘米，面闊二十九厘米，前門和頂樓可以掀開，很簡單的玩具屋，小朋友可以消磨許多時間。一幢漂亮的房子，可惜是發泡膠和紙砌成的，不久就會破裂折斷了。為甚麼不用木頭設計呢？那才是可持續發展的玩具，可以不斷拆下重組，一幢結實的玩具屋起碼可以玩一百年以上。彼得兔童話作者的玩具屋如今還留在英國湖區的家中哩，荷蘭當年的玩具屋如今已進入歷史博物館，成為建築、家具、室內設計、服飾、生活各方面的文物。

這幢書本內的玩具屋倒不僅止於玩耍，除了砌砌搭搭，還提供知識，因為小冊子的後半冊很認真地以圖文講解了歷史的事件。既是一幢維多利亞時期的屋子，就得了解維多利亞的生活。一幢華宅，住的當然是中產階級了。維多利亞時期的中產階級過的是怎樣呢？普通一家，大抵是兩夫婦、一對子女，丈夫或上班，妻子理家務，家務是每天和廚師研究吃甚麼東西、看女僕清潔家居各處、聽保姆報告孩子生活狀況、何時會辦節日飲宴等等。如果你說這是甚麼的一種生活呀，可這是歷史，認識了再說自己的判斷。

他們的家中，地面一層會是餐廳和廚房，二樓是客廳和書房，三樓是主人臥室和浴室，四樓是兒童室和雜物室。屋頂兩側有煙囪，顯示整幢房子兩側的房間東西牆都有壁爐。幸運的是：因為已是維多利亞後期，廚房內已有自來水，但仍用明火爐灶；浴室中則有浴缸和抽水馬桶。很可惜，還沒有電，只能點蠟燭和用油燈。宴會時，客人是一男一女一起入座，男右女左。共吃三道菜。他們已有報紙和雜誌，讀書用裁紙刀，達爾文的書暢銷，工廠處處，火車隆隆，世界博覽吸引了許多人，大宅都設溫室，種植異國的奇卉異草……我總是覺得遺憾，為甚麼玩具商總是提供維多利亞時代玩具屋？莎士比亞時代呢？伊莉莎白時代呢？更大的遺憾是，我還沒有看到中國故宮不同宮殿的玩具屋。

石库门 Shikumen
石库门 Shikumen

小徑

布拉格有一條著名的黃金小徑，所以著名，因為它位於古皇宮的外牆邊。有一排小屋子，貼牆而建，相連在一起。小徑窄窄的，正是通向皇宮的必經之路，於是，旅人參觀皇宮出來，就選擇沿着小徑步行下山，然後走過河上的古橋，進入古城的漂亮廣場。一條很普通的小徑，即使在皇宮城牆腳下，怎麼和黃金打上交道？小徑上的獨立小屋，本來只是皇宮守衛的居所，屋內只有軍火，並無黃金。所有的皇宮，包括住在宮裏的權貴，難免荒廢、沒落的命運。小徑上的屋子也不必守衛來搜身了。接着來了的，是一些鍊金術士，小徑從此有了黃金的美稱。其實，術士並不在這麼小小的又沒私隱的地方鍊金，而是在附近橋邊的塔樓裏。不過，小徑的屋子卻住滿了人，成為雜亂的貧民區。

後來發展旅遊，政府才把小徑清理修葺，變成彩色小屋的有趣街道。於是，小店鋪也出現了，賣本地的手工藝品：波西米亞玻璃、提線木偶、珠串、草帽，等等，還有書本、明信片。當然，許多人特別到小徑來找尋一位作家，誰沒讀過他寫的一個小職員變成蟑螂的故事？他就住在小徑的二十二號，房子是藍色的。那時候，小徑的環境並不很差，且看看當時所攝的實況，單色的小徑，因為還沒有彩色相片，甚至房子也沒有不同的顏色，只是深深淺淺的灰和啡。

圖中所見，是一列煙囪，每一支煙囪就是一座小房子，有的二層，顏色最暗的那座就是二十二號，門口有一槽，小女孩正在低頭看，她背後有兩個戴帽男孩坐在地上，地是泥地，母雞不愁沒蟲子吃。近處地面有溝渠蓋。旁邊是吸水的喉管和水盆。兩個女孩靠牆站，一名婦人手持長麵包，遠處的男孩坐在椅子上。生活艱苦，但也還平靜吧。當然，如今的黃金小徑一點也沒有昔日的情景了，整條小徑都擠滿遊人。

還是看看當年室內的面貌吧，室內有一個窗，六個窗格，顯然是左半邊的內室。室內糊了菊花圖案牆紙。窗簾用銅環吊起掛在橫桿上。那盞支形燈可複雜了，看不清楚它散漫的結構。靠牆是一張床，床罩是美麗薄紗刺繡，空心椅背的椅子，加上嬰兒搖籃顯得很女性化。不像是男主人的臥室。那麼房子的另一半才是作家的居停。窗下的矮櫃上有一支蠟燭，後面又有一雕像。角櫃嵌入一件鉛筆刨似的文具，櫃的另一邊就是大門，那邊的窗，是四格玻璃大小。我進入室內時已經沒有這樣的擺設，因為它已經成為一間書店。

世界各地都有特別的房子，不同的國家都會把特別的房子製成模型，如果要舉行比賽，我會投黃金小徑一票。當地人用瓷土來燒製，高度仿真，顏色和細節的處理，一絲不苟。第一次去時見到整體小徑的復刻，一列房子，足足十七吋長，比法國麵包還要長。很難攜帶吧。手提過關，好像攜帶武器似的。第二次去，模型屋子仍在，縮短了頭尾，只製了中間一截的八間，編號二十至二十七，當然因為主人公是二十二號，這就好。屋子仍是半米長，好處是房子放大了，更清晰。不過主人公即使變成蟑螂，仍然住不進去。看看那些下水道的走向，從屋簷下一節節前行，然後轉彎，把雨水引導入地下。門扇似有鐵閘，窗子大小不一，二十號是木構泥填建築，木條露牆外。中間寬體的兩座豈不有趣，有半邊爬上了鄰舍的屋頂。屋子每座獨立，空心，吹吹有回音，活像樂器。這麼精美的手工藝，在布拉格，可還輪不到它排第一名哩。

說故事

一九三九至四〇年間，音樂家斯特拉文斯基（Stravinsky）以「音樂詩學六講」為題，在美國哈佛諾頓講座演講，到了一九七〇年，其講座內容出版，成為經典文獻。許多年後，阿根廷作家博爾赫斯也來到哈佛，同樣的諾頓講座，那是一九六七年，講座內容也在三十年後出版，名為《詩藝》，也分為六講，即：詩之謎、隱喻、說故事、文字：音韻與翻譯、詩與思潮、詩人的信條，共六篇。

明明是一本講詩藝的專書，為甚麼第三章即以說故事為題呢？作者開講就說，現在一談到詩人這個字眼，我只會想到吟誦詩詞的文人，只會想到一些文縐縐的詩詞。不過，古人在談論詩人的時候，可不只是把詩人當成咬文嚼字的文人騷客，而是「創造者」，也把他們當成了說故事的人（the teller of a tale）。這些故事在所有敘述形態中都可以找到，不只在抒情的作品，在敘述理想，甚至在英雄事跡中也可以找到。

西方讀者所指「說故事」的作品，不是靠口說，而是詩，是最古老的詩的形態，也就是史詩。《特洛伊城的故事》、《伊利亞特》、《奧德賽》，哪一部不是在說故事？不同的是，史詩許多都押韻，後來的小說則肯定不再是韻文，成為散文了。一個是詩體，而另一個，是散文體；一個是用來頌歌，另外一個用來陳述。博爾赫斯認為兩者最大的差異，還是在於史詩所描寫的都是英雄人物，這個英雄也是所有人類的象徵，而大部分小說卻寫人物的墮落、毀滅。他認為，希臘神話中的金羊毛故事才開始，我們就知道，到了最後金羊毛一定可以找到，而現代卡夫卡的城堡，最後一定進不了。

博爾赫斯感到奇怪，我們已經歷了兩次世界大戰，竟然還沒有史詩來描述這兩次大戰。或者《智慧七柱》算得上史詩吧，不過，這本書的英雄人物偏偏正好是故事的敘述者。博氏認為，另一位有史詩的作家是吉卜林，他寫過優異的〈紳士的戰爭〉，但他從來也沒有寫過十四行詩，認為寫十四行詩會拉遠他跟讀者之間的距離。博氏又說，詩人似乎忘記了，故事才是最基本的東西，說故事跟吟誦兩者之間並非涇渭分明，故事可以說出來，也可以唱出來。他認為史詩將會再度大行其道，相信詩人將再度成為創造者。詩人除了會說故事，也會把故事吟唱出來。

這是這位最會說故事的大師的想法，他的小說，是寫給小說家看的。但中國只有詩史，記述或者反映歷史的詩，可沒有西方人觀念的史詩（epic），我們沒有英雄，更沒有那麼樂觀的英雄事跡。不過，說故事有許多方法，可以寫詩，可以唱歌，可以舞蹈，可以表演，也可以攝影、繪畫，可以做毛熊。不同的人可用不同的方式說故事；有多少故事，就有多少說故事的形態。日本畫家渡邊禎雄的版畫《逃難》畫的故事多出色，母親抱着孩子冒着風暴連夜逃亡。兩張明信片說的又是各自的故事：幸福的戴勝鳥又獲得了糧食回家餵養孩子了。這邊的威廉·泰爾，放下手中的弓弩，神箭手的羽箭已射中孩兒頭上的蘋果，能不佩服那小小的孩兒嗎，危難當前，他瞪大眼睛看着，不慌，不亂，企定定。多麼動人的故事，多麼動人的說法。詩，為甚麼不可以說故事？

養心殿

清朝的那些皇帝，大抵是貓咪投胎的，都具備貓的性格。給他們準備了舒適漂亮的貓籃、貓床，都不喜歡，整日鑽進灰塵迷漫的陰暗角落，藏在狹隘破爛的地方。紫禁城內廷的乾清宮何等富麗堂皇、氣派十足，偏不合意，硬要搬到西鄰的微型屋養心殿去，是否犯賤呢。養心殿有甚麼吸引之處呢？依我的估計，原來皇帝們喜歡遊戲，選擇了一座玩具屋生活。不然的話，如何解釋那個三希堂有甚麼珍貴，哪裏配稱廳堂，應該是三希室，或者三希房，比較起來，根本是間稍大的劏房而已。

我喜歡玩具，我覺得，養心殿也不過是座有趣的玩具屋，所以，六月初就再到故宮去看看這個全國最著名的玩具設計總部造辦處。哪知碰了一鼻子灰，玩具中心因需維修暫不開放，才想起，玩具屋原來移到香港展覽去了。回港後立刻去參觀。

當然，我是做過一點玩具功課的，養心殿是甚麼東西，我是知道的，否則，去參觀些甚麼呀，該注意些甚麼呢？

養心殿位於紫禁城的內廷，乾清宮之西，西六宮之南，是一座工字形的建築，也就是前後兩座平房，中間有一條小通道相連。前面那座叫前殿，是皇帝辦事的地方；後面那座叫後殿，是皇帝生活的寢宮。這一件建築的前面，是一個庭院。建築物和庭院由四幅紅牆密密包圍，一旦關上正中的開口養心門，以及東西兩側的院門後，整個殿區就銅牆鐵壁似的，好像很安全。

那些個太和殿、文華殿等等，都是很有氣派的面闊九間，或十一間（兩條柱間的距離叫一間）；養心殿呢，哈哈，面闊三間。而且是三間的面積均等。這個長方形的殿堂，由中間（明間）進入，兩邊的次間，入口都由明間向左或右轉入。養心殿有一特別的建築與眾不同，因為在前殿外，建立一個面闊七間的抱廈，看上去像一輛摩托腳踏車側面連着一個座位。養心殿這抱廈不錯，可以遮風擋雨，抵禦霜雪入侵，因為殿堂的外牆大都裝了槅扇和檻窗，糊的只是容易受損的棉紙或透明的魚鱗片。

養心殿整個殿後殿前，是庭院，有院門，院門又有個外庭院，院內有兩座漂亮的琉璃瓦影壁，中心做了荷花和鴛鴦的雕塑盒子，媲美著名的九龍壁。所以，養心殿總的來說是庭院、前殿、後殿三結合。這次香港展出的只是前殿，只是整體的三分一，不知可有明示觀眾。雖不齊全，但也難得了。因為室內裝修如槅扇、門罩、牌匾等容易組裝，建築物如屋頂、樑柱、影壁、城牆動不得。展品都是文物，珍貴非凡，經過整理，果然非常漂亮，還可近距離觀看，甚是難得。當然也有奇異之處，簡介表中七字的位置應是抱廈吧，在康熙時候的造辦處大概就是東暖閣。其他兩處則在乾清宮庭院內的南書房，以及慈寧花園東側的內務府一帶的屋群。康熙和乾隆都喜歡玩，不過分別是祖父玩得積極，對外國科技有一種學習、探索的精神；乾隆玩得風雅、奢華，卻失去了學習外間知識的興趣。這個分別卻足以影響國家的命運。康熙收藏西洋鐘錶是為了認識外國科技，乾隆則只求新奇，他留下來的西洋鐘錶，裝飾精巧美觀，都變得喧賓奪主，其實沒有時間觀念。喜歡養心殿，一直想做一間玩具屋，現在正是時候。至於殿的外牆該是槅扇還是檻牆加支摘窗，只好等故宮的養心殿維修完畢重新開放時再去參觀了。為甚麼那麼喜歡養心殿？明朝有鄭和下西洋，清朝有洋人入禁城。養心殿造辦處可是全國玩具的設計總部，其分支包括江南織造、景德鎮瓷器、宜興茶壺、廣東木作，出產高質素的玩具，如自鳴鐘、鼻煙壺、玉石瑪瑙等珍玩，包括科學儀器等，多不勝數，有趣，也令人思考。

樹屋

自己動手砌的玩具真多，又買了一盒，內容是樹屋，就是砌一棵樹，樹上有一間小木屋。這種童年時夢想的遊戲，仍然很吸引人。當然，這次的木料還是上了彩的，設計也不錯，樹上搭了房子，房子上又長出了樹。房子底下有梯可以攀爬，屋子的住客就坐在大門外，是個牧羊人嗎？樹下四周都是羊，這些羊，會爬樹嗎？因為有些山羊，在斷崖絕壁裏走動，如履平地。

這一陣，砌了不少玩具，發現常見有兩種砌法；雖然，不論哪一種，都有一份砌法指南。第一種，是必須嚴格遵照指引，如果砌漏了，或者選了相似的零件，表面上也像砌對了，結果卻是錯的。於是要拆散重新開始。那麼一來，經過拆卸再重組，會有點殘舊的樣子。第二種，是不那麼嚴格的，相似的零件也可以砌成，問題是，就因為不夠嚴謹了，左看右看，看來總好像有些甚麼不對勁。我是懶惰的人，砌錯了又不想再砌，心想，算了吧，別人又不知道，只有自己才知道哪裏砌得不妥。後來又自我安慰，看出來又怎樣，為甚麼一定要十全十美呢。

自從有了「可以不依砌作指南去做」的想法，好像想通了一個道理：何必要跟着設計者步亦步，趨亦趨。有些作品是不得不照着做的，可有許多則不必跟隨，看環境和條件的配合，多一點發揮。玩具也可以「創造性誤讀」，不過大前提是先弄明白面對的是甚麼東西，而不是胡湊亂拼。於是，我就依自己的意思辦了。例如樹屋的樹，樹幹是由兩塊木片交叉合併組成，至於樹的另一些枝條和小樹枝都是黏在主幹上的，而木屋的頂上又長出了樹枝。我所以自作主張是因為樹身上有些孔洞，是為了把枝葉插入洞內而設，結果，洞太小，枝條太粗，彼此拒絕合作。好的，我就把樹枝安頓到別的地方。我也把樹枝隨意黏在屋頂上。

於是，我的砌法就和原作的繪圖不一樣了。我覺得這樣很好。樹枝可以長在樹身任何的地方，花朵可以長在地面上任何地方。那些羊，牠們可以到處走動，臉朝任何方向。羊是由許多木片重疊在一起拼成的，身體是五、六片，頭臉又是三、四片，我也不理會了。九片十片有何不好，二片也一樣，羊有肥羊和瘦羊。

我買的這一盒樹屋，附有一個音樂盒，會奏一首短歌。我其實不那麼喜歡製造音樂盒，因為工序不少，既要用電池，又得接駁電線、擰螺絲等等工作，也不是一隻手操作得了，而那種罐頭音樂，不聽也罷。如今可好了，我完全放棄音樂盒。本來，樹屋的設計是將樹屋和羊圈都濃縮在音樂盒上，真是擁擠不堪，現在我放棄了音樂盒，沒有了限制，樹自然就長在地上，羊圈也在地面，其他的花草都長在地上，不是更富田園景色麼。每逢慶節假日，坊間一定有不少玩具推出吧，我又可以去逛商場了，可以又買一些動手砌的玩具，玩大變身。

懷舊

雖然時光不斷變遷，玩具也隨着變得日新月異，但是，市面上依然有不少玩具，堅持穩守，屹立不變。我們說這是懷舊，大概是物件雖舊，仍然有可懷之處吧。我懷疑這是心理的作用而多於物件本身；人是記憶的動物，更善於美化記憶。古老的玩具，當然也具備許多優點，使長大了的人念念不忘，例如，泰迪熊，一百多年的歷史了，不外是個肚子裏塞滿棉絮、木屑，或塑料的毛茸茸動物，居然還極受歡迎，寵愛不減，即使轉為木頭、膠質或其他質料製造，造型仍是啤啤熊。白兔、小豬、狐狸、豺狼，也不例外。

走進一間掛玩具招牌的商店，大感驚訝，店內當然滿佈流行的積木、塑膠洋娃娃，但佔半間店鋪擺放的，竟然是很古老的玩具，彷佛一下子回到了少年時身陷玩具王國，誓死不走的感覺。為甚麼這些古老的玩具在二十一世紀突然又一起從記憶裏走出來了呢？而我，為甚麼不買《星球大戰》的黑兵白機械人，反而選了一堆老舊的東西？你看看，我選了甚麼：

三隻彩色的木頭鳥，形狀一模一樣，只是顏色和花紋不同。它們其實是一件簡單的樂器，只消拿在手中從長端一吹，就會發聲。我當然沒有試吹，我又不是樂器迷，吹了，就不適宜轉送小朋友了。另外兩件是走珠玩具，小圓木盒內背景是一幅彩圖，平面的木板上有六個小圓洞，盒內有六顆銀色彈珠，遊戲的方式是搖動盒子，把珠子搖進小洞，練習耐性和平衡力。另有兩個小鐵盒，內藏彩色積木，約二十多片，可以砌成一幅幅不同的畫，如帆船和水手、海盜和椰子樹、沙灘和游魚；或者砌小仙女和蘑菇、蝴蝶或花朵，可以分別給男孩子或女孩子。

兩個木公仔站在圓台上，只要按動台下活動的木心，台上的公仔就會彎手彎腳彎腰。原理是公仔由一節節木塊接嵌，中心由繩索連貫，這類玩具，的確夠古夠老了。又有兩件圓圓的木舞台，上有公仔或旋轉木馬，按動發條，木台上的公仔會旋轉。為甚麼在電子遊戲時代仍有商人推出如此傳統的玩具？只能說是響應環保，對抗塑料和電池的消耗。此外，就是為了懷舊。所以，鐵皮玩具也重現市場。

但我最喜歡的是另外兩件玩具，其中一件我不會送給小朋友。我把它放在寫字桌上，無所事事，就撥動它一下，看它很忙碌很認真地滑行。玩具很簡單，只是一支鐵桿，約一呎多高；還有的是一隻木砌的啄木鳥，頭上飛散一束玫瑰紅色長長的羽毛。想看看啄木鳥如何專心一致地覓食，就把鳥兒放在長桿的頂端，手一放，它就在桿上努力啄啄啄，擺動身子，揮動羽毛，長嘴向前碰擊，從桿頂一直下滑到桿底，然後停止。我一直奇怪，活動的玩具，既不用電池，也不用發條，卻可以啟動，用的是甚麼科學原理呢？就放在案頭仔細想想吧。

還有一件，可稱為小小劇場。這是一個木架上的活動圖畫故事劇場，幾片畫上童話的畫板，排列在木架上的盒子內，只要上下轉動木架，盒中的木板就會墜下，顯出背後的另一幅畫，以此類推。新的畫面都是故事的一個片段，直至完場。整個設計有兩個童話：小紅帽姑娘和青蛙王子。這顯然是原始的動畫了。不過，木板的移動並不順暢，有待改善，之後再努力改善，不就成為電影了嗎？

矮凳

有一次，在板橋逛街，經過一家店鋪，售賣磚瓦水泥等物，供裝修屋內牆壁、天花、地板的材料。店門口灰塵浮泛，滿地沙石，正想快步前行，卻看見有些蠻熟悉的東西，亮在眼前。仔細瞧瞧，可不是一雙蒙娜麗莎的眼睛？於是停步探索。原來，雜物堆中擺着一盒瓷磚，共有九塊，合併起來，剛好砌成一幅圓圓的圖畫，不是別的美術品，恰恰是列奧納多·達文西的蒙娜麗莎。九塊磁磚，倒不重，旅行時當苦力也不是第一次了，要是朋友也來，就由朋友分擔了。磚塊也不貴，是土產，就買了。

磁磚就該砌在牆上吧，如果是西班牙，室內到處可嵌磁磚。但一般的家庭，磁磚多數嵌在浴室。搬家時要裝修浴室，想到可把磚圖砌在浴室。吾家家務卿認為，如廁時、沐浴時，有那麼一雙眼睛看着你，對你神秘地微笑，怪怪的。於是放棄。

磁磚因此仍留在紙盒中。忽然幾年過去，一位朋友佈置迷你倉，其實是個迷你書房，開倉大吉，不知送件甚麼禮物祝賀。想了半天，竟有靈感。於是帶了那盒久藏的磁磚到家具店去請師傅做一張矮凳，但要把九塊磁磚鑲嵌在凳面。師傅平日做各種書架、雙疊床、桌椅等，手工很帥，還給我意見，九塊磁磚砌成圖畫，面積也不小，圓凳太大，做成方凳吧。凳面不起角，流線型。不久，凳子完成，那凳也是師傅的第一創作，大家都很滿意。

想到把磁磚嵌在凳面，並非甚麼新意。因為家中恰恰有一件圓木凳，鑲了一幅畫，是很古典的彩色花卉雀鳥圖，這種畫石不但嵌在凳面，還嵌在櫃面的木門上。我有一個黃楊木的矮櫃，木門上鑲了左右兩幅石板畫，是一群小孩，足足有數十名，在花園中遊玩，或下棋，或圍着魚缸觀魚，或捉迷藏，或舉起令旗玩操兵。畫上還題有詩句。平日看看，也覺有趣。

當然，西洋畫嵌面的凳子和古色古香的圓墩不能比，中國古典家具之美與園林藝術自成一套美學。蒙娜麗莎矮凳到了朋友家原來另有奇遇。迷你書房自然因狹窄著名，室內座位不多，除了一張兩座位的沙發外，只能容納一把靠背椅，然後，只能坐矮凳了。矮凳之一就是蒙娜麗莎。矮凳擺在沙發旁邊，因為是麗莎夫人的緣故，所有的人都不好意思侵犯，怎麼能把一個臭烘烘的屁股貼在淑女的臉上。於是，矮凳終於變成茶几了。這大概是最理想的結局了。

又有一次，我在馬拉喀什逛街，那裏的店鋪掛滿了異國情調的燈盞，門口堆着獨一無二的圖案和花紋的磁磚。這麼美麗的土產，我又死心塌地再當苦力了。於是帶了許多圓圓的磚塊回家。磚塊不太重，附有懸掛的繩子，可以掛起來。但是，自從某天三更半夜，忽然聽見噗的一聲響，不知發生何事，也沒起身看。早上只見一件掛飾斷了線，跌進沙發，彈到地上，幸好毫髮無損。原來掉下的是一塊瓷磚畫，畫着兩隻貓，購自羅馬，還寫着：i gatti di Roma。如今，我不掛石頭或磚頭的東西上牆了。馬拉喀什的磚頭，我想過了，把它們做成一套矮凳，磚頭全嵌在凳面。

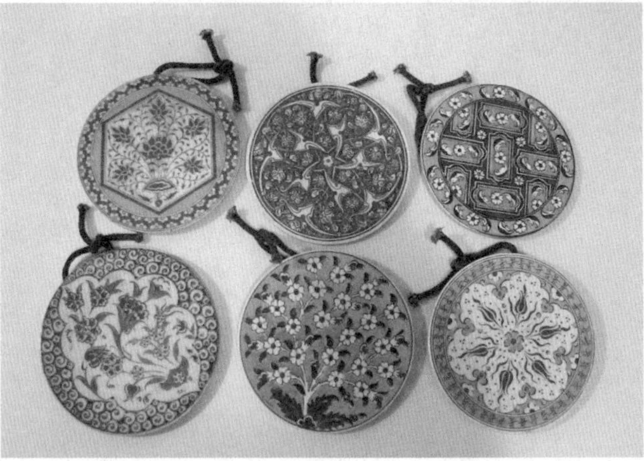

郵票

端午節那天是公眾假期，節後第一天我到郵政局去買郵票，買甚麼郵票呢，我其實並不集郵，但這次發行的主題是「香港玩具」。我喜歡一切的玩具，當然包括香港的；但在孩子的世界裏，只有好玩不好玩、玩得起玩不起的玩具。上世紀五十年代到六十年代，香港有四大工業：電子、紡織、塑膠和玩具。香港玩具，在七十年代初甚至成為世界中心，不過主要是出口，並不靠內銷。我當年可一件塑膠玩具也沒有，因為零用錢少，那可不是我的「集體記憶」。我記憶中，課餘的時間就在家裏坐在地上砌膠花，或剪去縫牛仔褲留下的線頭。當年的港孩，大多數也是這樣吧。可我們也有玩具，自己做。例如畫公仔，替公仔設計衣服，或者摺吹氣紙球，等等。有時候，也有表姐們把舊的玩具送我，其中我最喜歡的是「雞啄米」。雞是鐵皮的，上了發條就會搖頭啄米。當年香港一般女孩子玩的，是拋豆袋、跳繩之類，男的玩打彈子、拍公仔紙、鬥「金絲貓」。鐵皮玩具是比較有錢的人玩的，興起了一陣，就被塑膠取代。七八十年代後，香港兒童的玩具，多了許多了，大多不再用手做，而且一個人獨自玩。玩具不單反映社會物質條件的變化，變的，還有人心。

想的太多，郵務員問有甚麼可以幫我？這樣的話，英治時代反而沒有聽過中國人說。我說想買香港玩具紀念郵票，六款一套的。他一面忙着找，一面說：賣完了，沒有了。我聽了一呆，不是說端午節才發行麼？一天就售完啦。只怪自己沒記住出售的日期，只好說：那麼就買散張的，不同款，每款兩張。郵務先生打開郵票簿，逐一撕下兩張，很細心、認真。忽然，他背後的一位說，啊，原來這裏還有幾個全套的紀念封，要不要？當然要，就要了兩個。雖然沒有買到附禮品的版本，也很滿意了。

這批玩具，如果是真實的物體，我想我會選擇紙公仔，因為有衣服可換。鐵皮青蛙我還是第一次見，不知會不會出復刻版，我一向偏愛發條玩具。至於塑膠刀劍甚麼的，我不會喜歡。最不好玩的，是手槍，倘在美國，隨時會招來殺身之禍。

郵票本身也是玩具，當年的老師就教小朋友集郵，可以認識外國風物。上網的世代，還會集郵嗎？如今的「集郵」，是收集和名人的合照，郵中可不能沒有自己。到了歐洲博物館，我偶然也會集一些郵，那是一套套名畫，像喬多、梵高，像貓、地毯，印刷精美，可以集成很特別的畫冊，或者名為「郵票名畫集」。當然不會用來寄信，只留作明信片。這些郵票都有齒邊，可以一一撕下來，背後還有膠水塗層，可以貼在信封面。或者唯一的缺憾是面積稍大，會佔據信封太多的空間，把收信人的資料縮小了，變成奪主的喧賓。到底是郵票罷了，像載人的飛機罷了。問題是，這麼美的郵票，捨得讓它飛走麼？你又會想到，貼上信封，寄給朋友或自己，會收到嗎？也許一出門就石沉大海，因為喜歡郵票的人仍有不少，難保有人會經不起誘惑。啊，想得太多，還是把「名畫郵票」留給自己吧。仔細看看它們，票面並沒有印上銀碼，寄信總得付郵票，沒有郵票誰替你送信，說不定退回來還要付雙倍郵資。當然，郵貼還是可以寄信用，只要另外貼滿郵資就行。聖誕的時候，不是有很多信封上加貼了郵貼麼，不足該罰，有餘應獎？真想得太多。

РЕСПУБЛИКА ТЫВА
РОССИЙСКАЯ ФЕДЕРАЦИЯ
150
225
450
675
900
2100

CHÂTEAU D'ANGERS
TAPISSERIE DE L'APOCALYPSE
Saint Michel combat le dragon
L'Ange au livre
Cinquième Trompette : les sauterelles
La Bête de la mer
Le Dragon combat les serviteurs de Dieu
Château d'Angers
2, promenade du Bout-du-Monde
49000 Angers
tél. : 33 2 41 87 43 47

變招

有一類「拆解」與「重建」的智力遊戲，只提供一件已經砌好的物體，然後扔下一條指令：把物體拆散，再把物件復原。扭扭方塊是其中之一。這有點像甚麼解構主義講的，一面解，另一面構。不過許多人拆解之後，忘了重構，變成甚麼都不是的虛無。類似的玩具並不少，我選了兩件。以前，我也試過扭扭方塊，扭來扭去，無法還原。看見別人扭那麼幾下，六面體就是六片整齊的顏色，而且不用思考，好像背熟了秘訣，決不是即興，或者好運氣。那麼，應該選用別的對策。例如希臘故事裏，在迷宮受困的人太多了，有那麼一位聰明人想到帶線團試試，從入口一面前行一面鬆開線段，回程依地上的線走了出來。

第一件玩具是彩色的多面體，由一把把打開的傘似的三角形緊靠一起，合成足球般的圓形。當然首先必須打開。依照平日的習慣，我會想辦法打開圓球。但忽然記得抽屜裏還有一堆沒有砌成的木條，形狀有圓有方，木頭上還有凹凹凸凸的坑洞。這些，全都是拆開了的積木塊，結果散置在抽屜裏。這次，我應該改變方法。也許可以找些線索，可以帶個線團，一路一帶？多面體是彩色的，共有紅、綠、藍三色。為甚麼用不同的顏色合併，而不是只用銀色或白色？我仔細計算一下：紅綠藍各有四個獨立的傘面（五片三角形組成一個傘面，形成弧面），球體共有十二個傘面。最特別的是，顏色的分佈經過準確的安排。綠色四個是一字排開相聯成屏風形。紅色四個卻分為兩組，兩個一組，彷彿眼睛遙遙相望。藍色四個更加奇怪，分為兩組，一組是三個擠成一堆，剩下一個獨立。我把顏色的組合方式畫在紙上，這樣就可跟蹤到某一顏色和相鄰的那個是甚麼。我找到線索了。打開的圓球像被剝開的橙子，變成一條彎了曲了的項鍊，可以當寶石的鑽飾哩。那麼，該還原了，依着圖畫和顏色，把綠色連在一起，紅色兩組分開，藍色的三個一堆，另一獨立，奇怪，很快復原了。

再試第二件玩具。透明的正方形六面體，內藏七粒小骰子，分兩層疊放，底層四粒，上層三粒，中空的位置可讓骰子移動。骰子也有六面，分為一二三四五，第六面空白。玩法是把六面的骰子點數變為相同。第一級變為九，第二級變為十，第三級變為十一。最難的是第四級，變為七。這次，我又不打算碰運氣了，先做些算術吧。就直接攻打數目七。正方形六面體每一面見到四粒骰子，骰子最高的點數是五，那麼，四粒的骰子總數要合成七點，只能是一一一五、一一一四、一一二三，或者一二二二。還有兩面要重複。七的點較小，所以三、四、五只能出現兩次，〇、一、二要出現六次。遊戲的秘訣是盡量把三、四、五三個大點收藏，收藏的地方其實不少，例如上下層、前後層，都有避難所。

七粒骰子，每粒六個面，共有四十二面，向外可見的面是二十四個，向內而不可見的有十六個，足夠把大數目的點子藏起來。我沒有隨意移動骰子，而是把七的組合程式直接在六個面上分配。做點算術原來很有用。如今我可以把玩具從回收箱取出再動動腦筋，新事物不易上手，但舊有的至少可以減慢一下退化，例如腦袋。

亨利吧

父親張樂在九巴工作，早期不單在巴士上，還在球場上，一九五〇年他從上海來港找工作，大概還是李惠堂的介紹，李惠堂是足球名將，曾在上海比賽好幾年。父親在上海公餘做過教練、球證，因此跟李認識；父親可能也做過球員，但我不能肯定。也許因為彼此同是廣東人，當年在上海，廣東人往往走在一起，假日喜歡到杏花樓飲茶。

來港後，父親做過九巴足球隊的教練，也不知道是要他當球隊教練，然後讓他當巴士稽查員，還是倒過來，啊原來你做過教練，那麼就來球場做我們的教練吧。上世紀五十年代初，南華和九巴是兩大強隊，香港的足球健將幾乎都集中在這兩隊，南巴大戰是很轟動香港的一件事。那年頭娛樂不多，還沒有電視可看。也許太刺激、太大壓力，父親當九巴教練的時間很短，就轉做球證了。他的血壓一直偏高，後來曾經中風。南巴大戰的年代球隊並不重視教練，薪酬微薄，只能當兼職；球證呢，只有車馬費罷了。至於球員，有不少也在九巴工作，那時也並沒有職業球員，即使名將，以踢球為主，也會在班主旗下的公司，掛個工作的銜頭。我那時還在唸初中，天未亮就跟父親到花墟球場，他跟球隊練習，我在場邊，也練練跑步，或者溫習書本。練習完了再一起到茶樓，可以吃叉燒包。回到學校時還早呢。我還記得李大輝、何應芬等名字。

這個緣故，我後來也偶然看看英超的轉播，更追看過好幾屆的世界盃。最近有人問我，還有沒有看足球轉播，我說沒有了，因為眼睛不好，精神不足，也不能夜睡。不過我還留下一個看足球轉播的微型屋，一個我稱為「亨利吧」的盒子房間。「盒子房間」（room box），即是說，只需要一個盒子就行，不論是木箱、帽盒、鞋盒、各種紙盒，只要是有天花、地板、四面牆就行，實際上三面牆加上地板已經足夠。具備了那樣的空間就可以隨意佈置，選擇內容。恰巧那一年，看足球看得不亦樂乎，又是世界盃，又是英超，好多家餐廳在店內安裝特大的電視屏幕，天天直播，非常熱鬧，我的酒吧也一點一點地成形。貼牆先放一面大鏡子，前面是吧台，台上放瓶子和杯子。英超看多了，喜歡阿仙奴許多球星，就選亨利為主角，牆上貼幾幅亨利的生活圖片，包括亨利和孩子一起騎單車。酒吧內當然有大屏幕、時鐘、擲飛鏢遊戲，三面牆上特別貼上世界盃各國的國旗。這餐廳就叫「亨利吧」。誰來看比賽？森林裏的小動物坐得滿滿的，男女老幼，地方不大，要坐在地上哩。數數看，狐狸、浣熊、兔子、白貓、刺猬等。那次的世界盃是哪一年？就是施丹受辱那年。

日子飛快，施丹成為教練，亨利也當上了足球評述員。

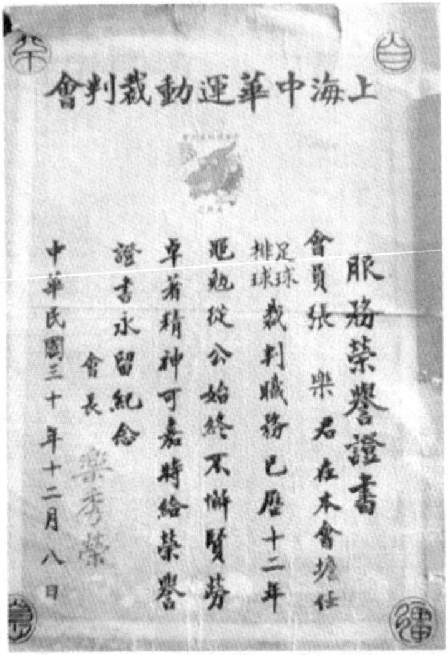

上海中華運動裁判會

服務榮譽證書

會員張樂君在本會擔任

足球
排球裁判職務已歷十二年

黽勉從公始終不懈賢勞

卓著精神可嘉特給榮譽

證書永留紀念

會長 樂秀榮

中華民國三十年十二月八日

貓步

有些商場還是可以散步的，如果人潮不太洶湧，商品質素高，咖啡室、書店，有些獨特的、創新的物品，而不要名牌，至少不要都是名牌，商場當然是要營商的，但商品也要有品味。此外，到處安放了可以休息的座位，洗手間清潔優雅，廁格特多。可這麼一來，就會有人頭枕行李篋，橫臥座位上，另外幾個人，圍坐着像青蛙那樣。真是沒辦法的事。好的商場畢竟並不多，而且往往千篇一律，像迷宮，迷了不少人，卻也足夠令人疲累。

今天我到了那麼一個商場，三、四層樓，每層二十來間的精品店，走一轉，就像參觀畫廊，四季不同的展品，精心設計的櫥窗，常有驚喜。我在一個櫃枱前停下，這裏有一些玩具，也有一些名畫家的複製品，甚麼莫奈的睡蓮布袋、馬格列特的煙斗杯子、碟子等等，都已泛濫成災，彷彿碰一碰就會感染了甚麼H甚麼N的細菌。還是玩具有趣。這裏有不一般的積木、不一般的太陽能發光體，也有硬木雕刻的犀牛、鱷魚。一位西裝筆挺的店務員走過來，指着我面前的幾個玩具説：這是新到的一批，有幾個款，有人，有鳥，有轉輪。人或鳥或轉輪由木片組成，需自己配砌。你看，這裏是手搖的轉軸，轉一會，人或鳥或輪就會活動起來，人和馬身上都有翼，你看，這些翼不是上下翻飛起來了嗎？小朋友會喜歡的。我説，是的是的，很不錯。面前的幾個玩具不停在轉，原來不必動手，還可以電動。店務員又説：玩具用手搖，一會兒就停了，不停用力，手也會累，所以，每個玩具可以配一個底座，加上電線和摩托，通了電，就會不停的活動了，是個很好的玩具吧。我説，是的是的，很不錯；我先看看其他的玩具再説。其他的櫃枱、木架上還有別的玩具，我怎能不去看看呢。我一面走，一面聽見背後問：是買給幾歲的小朋友玩呢？我説：買給自己玩。

每次去玩具店，就有店務員問：買給幾歲的小朋友玩呢？是男孩子還是女孩子？我也千篇一律地答：買給自己玩。店務員這就語塞了，好像忽然漂流在時間空間之外。意想不到的是，有一次去看積木，店務員説：買給自己玩？好的很，我給你九折。會有人再這樣説麼？沒有。我在店內慢慢走，其實，這店我很熟悉，早兩年我就見過一系列有趣的動物雕塑，個個不同，顏色明麗，造型特別，花多眼亂，也不知道哪一個才好。每次再逛這商場，仍見到那些作品，終於一個個消失了。只剩下一個，是因為黑貓，沒有人喜歡？為甚麼一直不減價？正在左思右想，西裝筆挺的店務員也過來了。他説：這一件作品很不錯吧，不過，這是件擺設，不是玩具，只能擺在桌上、架上，只能看，不像那些飛人飛鳥，可以砌，可以玩。我就笑了，為甚麼不能玩？他奇怪了，説：是玩具？我説：都不過是玩具。朋友插嘴：打仗、拍戲、咖啡或茶。他不知所云。我説：我會做四季時裝給牠穿，派牠參加時裝秀，行catwalk，説不定，牠會勇奪年度最出色的貓模，又或者，牠甚麼也不參加，自家看着好玩。我終於決定帶甚麼回家了。店務員説到貨倉去給我找一個新的，出來時説，原來倉內還有最後一個。朋友又插嘴：最後之一。兩個讓我選擇？黑貓紅貓，都是好貓，兩個都要。店務員很高興，他説：給你九折。他大概想，難得一天遇上兩個無厘頭。回家後，當然把貓裝扮起來走自家的貓步。

八十分

九龍灣有個玩具展，我就去看看了。玩具展總是擠滿人，這次也不例外，小朋友特多，蝴蝶般穿梭，家長都很慷慨，入場券每位三十大元，父母子女一家進場，已經先打一百二十板。長者沒有優惠。展場共佔大廈兩層樓，精品的人形都在上一層，下層猶如雜貨攤，堆出來的毛公仔為主，又有機動小動物、卡通公仔、漫畫及電影中的主角，公主、英雄、寵物，被任意拉扯翻看。

展場一邊有試玩場，正是我想知道的爆旋陀螺的玩法。那陀螺有點像特別的搖搖，會發光。我以前買過和花貓互動。會發光上下滾動的搖搖當然吸引花貓，一開始，旋走一會，就給貓爪打下來。每次重新繞繩真是疲累，後來就停了，因為高人下旨，閃光會損害貓眼，拍照也不宜用閃光。不玩了，我想貓兒一定也很奇怪。

看展覽不一定要買東西，去看畫展難道得買幅畫回家了？世界上精彩的事物何其多，欣賞欣賞也夠了。花了約一小時逛完展覽，但也沒有空手出來，因為買了個吋半高的小 Kewpie。二十世紀初有不少塑膠公仔面世，當時的莎莉譚寶娃娃和如今的芭比一樣紅，我喜歡的卻是金寶菜湯娃娃，穿一條連身工人褲，衣服上有布招牌，印上一罐金寶湯。這個娃娃還是香港設計師一九八二年的作品，可惜我一直沒有碰上，常常遇見的是芭比。喜歡這兩個公仔，大概是他們都有大眼睛，黑眼珠朝眼角斜視，像小天使，Kewpie 這個字，就來自 Cupid。

　　買到一個 Kewpie，應該很滿意了吧？才不是，這個小公仔和我所知道的原物差遠了。如果要比較一下評個分數，新買的小公仔只值八十分。聽起來也不錯，又不是，我必須指出真正的原作值多少分，每一特點值十分。就從正面開始，也即是：從頭說起。一、頭頂正中的頭髮突起，一絡髮絲向前額下垂，十分。二、耳朵上面有頭髮覆蓋，又十分。三、眼睛大大的，黑白分明，眼珠聚在眼角，斜視。四、鼻子像一粒小豆，突起。五、嘴巴是一條向上彎的弧線，相當寬闊，微笑。整個頭部是四十分。

至於身體部分如下：六、手臂與肩膊間由鐵線鈎連，雙手均可上下轉動。七、胸前有心形繪成的產品標誌，內寫產品名稱 Kewpie，下面附出品地點。Kewpie 公仔本來是美國奧尼爾（Rose O'Neill）創作的連環圖，因為大受歡迎，於是製成素瓷出售。奧尼爾接受藝術家 Joseph Kallus 的素瓷製作，這位藝術家當年還在唸書，十七歲罷了。早期的 Kewpie 公仔由德國素瓷廠製造。下手掌向外伸展，手指分開，卻似有膜相連。八、玫瑰色突出的小豆般肚臍。九、玫瑰色彩線顯示軀體與雙腿的分界。十、胖胖的嬰兒腿形。十一、玫瑰色膝蓋線。十二、雙腿緊合沒有縫隙。十三、雙腳平闊，腳趾間不分開，但有繪線點示。十四、腳底有作者簽名：O'Neill。

此外，背部還有十五、腦後中間一小撮頭髮，至今仍然是一些人的流行髮型。十六、頸背長一對淺藍色很小很小、毫不誇張的翅膀。十七、十八、玫瑰色臀線和膝線。十九、二十、腿和腳的邊緣向內稍彎呈弧形，以配合整體曲線。一隻小小的玩具，也要二百分才算上品，八十分，差多了。充斥市場的小 Kewpie。只剩下仿招牌的白翼，伸展的雙手和恐怖的怪眼，嗚呼哀哉。

前兩天又遇到一個 Kewpie，七吋半高，近乎完美，是日本取得授權的製作，但比較一下，眼睛不夠靈動，整個姿勢，失去了中心的力量，兩腿分開，呈現可怕的對稱，當然它是可以屈曲蹲坐的，仍扣二十分。

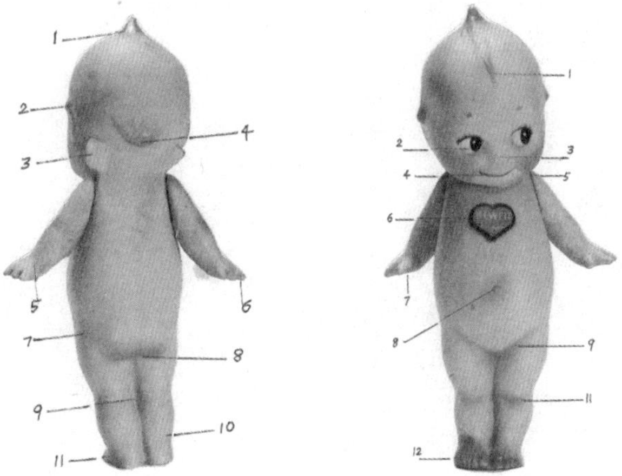

（來源：網上圖片）

猜謎

大家老在玩政治的猜謎，好像不是這樣就不夠成熟似的，反而遊戲的猜謎，很久沒有人玩了。有一些玩具，我提出來讓有興趣的朋友猜猜，算是互動，也不想老是一個人老在這地方自言自語。

（一）旅行時帶回家一件紀念品，是一塊木頭，從樹上斜斜地分裂下來，切割得非常仔細，所以，看得見正面是木心，清清楚楚顯示一圈圈密密的年輪。斜面是橢圓形，上面畫了一棵樹，下層寫了一行字，寫的是甚麼？我不知道，因為那是我不認識的文字。木塊的背面是樹的外層，由樹的皮膚保護着。薄薄的樹皮，還是很年青的一顆樹，似乎仍散放着芬芳的氣味。木塊可以站得很穩，因為底部已切平，也寫了一些字。真是一塊很美麗的木頭，既是樹木，也就是植物，當然是生物了。請猜猜，它是哪一個國家的令人愛不釋手的紀念品？我在那裏逗留了兩天，是聖誕假期，市面一片節日氣氛，燈色輝煌，家家戶戶都懸掛彩飾，國民親切和藹，國家景色如畫。我真不捨得離開。可惜，旅程緊湊，過兩天，正是平安夜，我會到一個叫佩特拉的地方。

（二）百貨公司的十元部常常有玩具售賣，雖說十元才一個玩具，有時真不簡單，譬如說，三吋高的世界各地公仔，整個系列是一百個。不知道有沒有人買全套？至於我，看了半天，選了四個。公仔其實都一模一樣，由工廠大量生產，再由工人把頭、身軀、手腳配砌完成，所以五個關節位皆能移動。公仔其實設計得不錯，細節清晰，手指一隻隻分開，耳朵和鼻子凹凸分明，眼睛大大的，黑珠閃爍星光，嘴唇還是粉紅色。公仔雖同一模式，但服裝個個不同，衣着才是吸引我的原因。我選了印度公仔、穿草裙的夏威夷公仔，以及穿牧牛裝的阿根廷公仔。請猜猜，第四個公仔穿的是哪一個國家的服飾？

（三）一件彎彎曲曲奇異的物體，朋友從台灣旅遊回來送給我的手信，說是逛國立故宮博物院選得。我看來看去不知是甚麼，大抵是古代文物。請猜猜它是甚麼。

（四）家中有一個古色古香雕花的中國家具，是個高身段的硬質木櫥。用途不明，是書櫃、碗櫃，還是雜物櫃，不得而知。它有兩扇門，打開來看，內分上下兩層，中間有兩個抽屜。結構造型普通，上層由柵欄圍繞，通風良好，下層由圍板密封；購自國貨公司，減價貨品，我覺得它平靚正，塞滿書本和玩具。買時店務員告訴我，這是個很特別的櫥。請猜猜，一眼看通透、空蕩蕩的櫥，會有甚麼特別的地方？

答案如下：

（一）樹木的家鄉是黎巴嫩。文字我們不明白，但圖畫是國旗上的徽號，城中家家戶戶掛的是國旗，剛好和聖誕樹相同。

（二）四個公仔中穿了一雙涼鞋的公仔是伊朗女子的打扮。

（三）博物館中古物，本是一塊龍形玉，是戰國時期象徵貴族身份的玉佩。如今根據優美的線條，以鋁設計成龍爪形的開瓶器。

（四）古典的木櫥有何特別？原來它有暗格。西洋家具中的書桌，常有暗格，是上流社會名媛收藏情書的秘密基地。

珠藝

這些年來，見到的玩具中令我最驚訝的不是甚麼智能機械人，或者造型特別的洋娃娃等，而是意想不到的穿珠架。編織架、繡花架都是常見的玩具，小巧靈活，真的可以編織出一條圍巾，或者繡出漂亮的十字花圖案的手帕。從來沒有想過，穿珠子也可以用架子協助，穿出一條手帶。

記憶中的珠藝，是釘在布料上，由手工把一顆顆珠子用針線穿過珠子的洞孔，然後釘在各種衣服上；或者，把珠子密密麻麻地釘在布料上，縫到手袋或毛線衣的袖口、領口上。我母親最愛做珠手袋，小小的五乘四吋小銀包，面積不大，釘滿銀色的小珠，或者黑白相間，排成斜紋和人字圖案。面積雖小，珠子卻用了很多，拿在手中，非常沉重，卻是好看。兩片穿好的珠面，縫在一起，加上條拉鍊就完成了。一隻可以在晚上出席宴會的精品，母親卻一天到晚拿在手裏，上街買菜，買油鹽醬醋茶，小銀包裹塞着鑰匙，夾在破爛紙幣和髒兮兮的硬幣之間。母親毫不介意，空閒時又做一個。我們姐妹都是男孩性格，甚麼珠手袋、珠銀包，都嫌女人氣，也不要學，母親的絕活，最多學學打毛線，編織一件背心穿穿。

穿珠子是件很考耐性和功夫的手藝，耐性是珠子要一顆顆穿，即穿即縫，或者穿三四顆一齊縫，像條尺蠖蟲一般，但中段要回針釘緊，不然的話，珠子會浮起來。釘珠不容易，一支針，在一堆珠中斜插幾下，可以穿上多少顆珠粒，是要講運氣的。因為珠子本身是工藝品，每顆珠子，看來相似，絕不相同，有大些、有小些，這無所謂，不過是外貌，凹凹凸凸的還可顯出特別的美感。珠子是中空的，空的內壁卻很不一般。珠子已細小，空洞也就更小，小得連針也穿不過，對於穿珠的人來説，這就困難了。一包珠子買回來，常常有一堆針穿不入的珠子，不但珠子不能用，更阻礙了穿珠的過程，花了時間。但母親並不介意，她仍是自得其樂。

那麼，穿珠架又是怎麼一回事兒呢？原來模樣和織布機差不多，都是長方形，兩頭有卷軸，連接好一排橫的緯線，至於直的經線，就由織女/男去織了。所以，穿珠架也一樣，先得把緯線拉好，然後穿珠。一、珠子用經線穿，約十三顆。二、用一個短板，在緯線上用一上一下的動作挑起凌空的線。這樣，由於線被上下分開，形成一條隧道，於是，經線就可以帶着珠子穿過隧道從南穿逾到北。回程則由北向南，循環而行。說來抽象，且把示意圖的六至九步驟複製下來。

我並不用珠銀包珠首飾，但見到好看的還是很喜歡，見到手帶、小飾物等仍會買一點，主要是給洋娃娃打扮用。有些珠藝真的非常美麗，例如一件不知名堂和為甚麼事物的裝飾品，一條長帶上垂下三個、兩個、一個的彩色圖畫小方格，內有孔雀和象，又有花朵和盆栽，是亞洲的出品吧，絕不是算盤珠子或冰糖葫蘆那種串連法。用甚麼方法呢？大概就是我母親用的最古老的手藝。卻又不是，作品沒有底布，整體通透，只見珠和線的合奏，鬼斧神工。

Prince's
Bead Weaving Fun

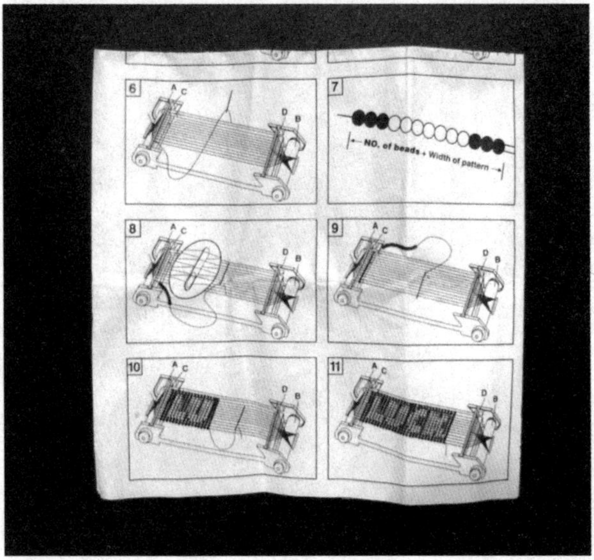
NO. of beads + Width of pattern

GUATE
MALA

書籤

打開一本書，甚麼人會一口氣看完呢？看書的過程中總有停頓，而停頓的地方，就得有個記號，於是，書籤就有必要。我國古代已有書籤出現，可能比其他地方還要早。據説春秋戰國時代稱書籤為牙黎，很像牙籤，以象牙製成。春秋戰國，那是竹簡時代。古人有些索性就叫牙籤。朋友喜歡韓愈，引這麼一首詩：「鄴侯家書多，插架三萬軸。一一懸牙籤，新若手未觸。」到了線裝書，書軟綿綿的，看到一半，可以捲起來，但並不擔保頁數不會滑走，在書頁摺角，又捨不得。摺了角的書，恐怕不會是好書，反而插遍了「牙籤」的，才是。那麼，用甚麼做書籤呢？紅葉，花瓣，總不會用髮簪吧。

我看書會用書籤，有些書需多條書籤，所以，見到書籤就不放生。一般的博物館，最多明信片，書籤較少，反而文具方面不是鉛筆、橡皮，就是直尺。明信片好看，做書籤就嫌過於肥胖不夠纖細。如今出版的書本忽然附奉書籤，倒是好主意，有的還很多看頭。我想，書籤設計得精彩一些，也許會喧賓奪主，有沒有人為了書籤而買一本書？別人我不敢說，但我會。但我沒有做過，因為我還沒有碰上書籤比書更耐看的情形。

近年看書，用書籤的情況減少，因為有些要動用甚多隔籤，不是為了停頓，而是為了資料的位置，就改用貼紙了。貼紙才真的方便，小小一張，不會有臃腫的感覺，還可寫上必要的符號。那麼書籤呢，就當明信片看好了，我覺得好看，所以讓大家也看看。先看這兩張，在柏林伊斯蘭藝術館中所選，長的那張是波斯伊斯法罕一幅畫中的美少年，短的那幅也是波斯文物，大流士一世宮殿牆上的浮雕，持矛的士兵。他們身上的衣飾多華美，姿態多飄逸或穩重。那浮雕，不幸，被外族人搶走了，割離了，回不得家鄉。世界上那麼多的著名博物館，原來都是賊贓集中營。

土耳其的瓷磚最著名，因為他們的清真寺牆面全用瓷磚裝飾，所以，瓷磚的圖案無處不在，書籤當然不例外，瓷磚鮮艷奪目，一套就十張八張，我選一張作代表，由於自由切割剪裁，圖案顯得七零八落，好容易才找到有完整的一盆花。書籤大都用紙製，但也有別的材料，土耳其即是世界編織王國之一，自然會製造絲織的書籤，別有一種感覺，整體軟柔，得小心侍候。這類小品織物，是土國的商品強項，除了書籤，最令娃娃屋迷激賞的就是微型地毯。每幢娃娃屋，不論古今中外，莫不鋪上十塊八塊地毯，從廳堂一直鋪到廚房。它們不但圖案繁多、色彩繽紛、品質優良，完全配合娃娃屋一比十二的比例，而且價格便宜。

鐵片當然可以製成書籤，只要薄，只要輕，而且劃出一角開口，可以用插入式夾入紙頁。朋友送過一件給我，我還以為德國才擅長鐵片小物的作品，一看，原來是韓國製造，金光燦爛，雕刻仔細。明明是貓，物名卻說是虎，叫做 magpie tiger，也好，且去問個明白再說。除了紙和鐵，經典的材料應該是皮革了，不知是哪位朋友所送，還是自己買？這件書籤當然是西洋國製作，一面是麂皮，背面是光面皮，邊緣由衣車縫線，一端開孔，穿兩段窄窄的絲帶，一段乳白，一段蛋黃，整體低調典雅，只有一行英文金句和作者姓名，智慧源於好奇，蘇格拉底。蘇格拉底是否真說過此話，不必深究，這書籤送給愛新覺羅．玄燁最合適，用拉丁原文更佳。

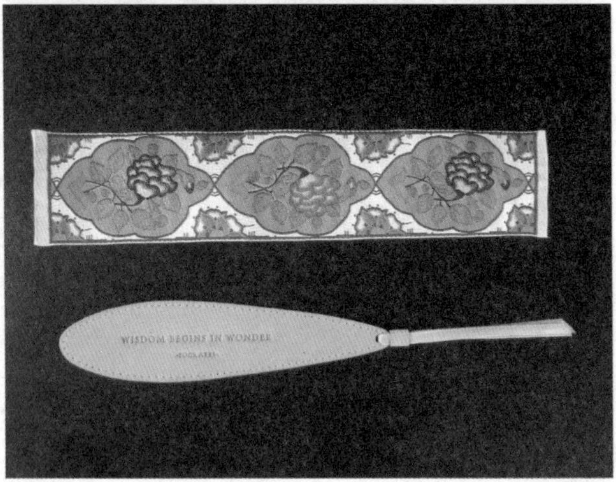

WISDOM BEGINS IN WONDER

萬花筒

為甚麼買玩具會跑到書店中去找呢？因為許多書店都有童書部，小朋友最多。又因為不少玩具和故事書有關，甚麼漫畫、甚麼電影都是和玩具攜手聯營。又因為有的玩具針對的是成年人，例如汽車、手錶，有關的資料可以在書店中找到。又因為有的玩具內附有一本厚厚的精彩的說明書。又因為甚麼甚麼等等。

我是一個喜歡玩具盒內附說明書的人，就像上劇場看表演喜歡收到一份場刊。年輕時看越劇，每部新戲上演都會附送場刊，不但介紹演員，還印着整套戲的曲詞，我那麼喜歡越劇完全是因為看戲有曲詞帶回家，回家後每天聽收音機聽戲曲，人人都打開場刊的曲詞跟着唱，我就在那時能背徐玉蘭所演賈寶玉《紅樓夢》的〈哭靈〉。離滬到港時，我的珍寶是一個書包，裏面沒有學校的課本，一書包都是越劇《信陵公子》、《北帝王》、《紅樓夢》的曲詞本子。俱往矣，如今，看電影一頁場刊或宣傳文字也沒有，當然，有人告訴我你可以上網看片花啊。要是萬中之一不上網呢？

還是有心的玩具商照顧買玩具而不上網的人。我買到的一盒萬花筒的說明書居然喧賓奪主，裏面附的小冊子居然是一本一百多頁圖文並茂、內容詳盡的厚書，而且是彩色印刷，A4紙的面積。打開盒子，沒見到甚麼萬花筒，原來需參加DIY互動，一面看圖一面動手做，圓筒、筒蓋、玻璃片、填料一應俱全，居然一會兒就完成了。指導製造方法的書頁僅佔全書的兩三頁，其他的頁數是詳盡的說明和解釋：歷史啦，起源啦，光學啦，甚麼人發明啦等等，又佔十多頁，那麼其他的文字還有甚麼可講？有，足足幾十頁，講的是各式各樣製造萬花筒的方法，用甚麼材料，到哪裏去找，廢物如何利用。原來單單是萬花筒的族類竟有二、三十種，可以是圓筒形、十字形、雙筒形、無筒形、旋轉軸形，填料格中可以裝上乒乓球，可以採用夜光的熒光小物、各式珠子、碎石、剪紙、鈕扣，最厲害的還是可以在格箱內充水，顯示出水中懸浮的姿態，的確匪夷所思。難怪這盒玩具名叫Kaleidoscopia。

我其實也是個萬花筒迷。如今收藏的有圓筒形、十字形，有上發條旋轉形，又有很小而可以掛在項頸下垂的吊飾，豈知是多麼小巫呀。在眾多的萬花筒中，最容易製造的是「三把尺」。材料是到文具店去買三把幾吋長的塑膠尺，但需選擇三種不同的顏色，即紅、黃、綠。方法是把三把尺砌成金字塔形狀，像一條三角形的隧道，也就是三稜鏡的模樣；之後，用三條橡筋圈，把尺的頭、中、尾三處套牢，這件物體就是萬花筒了。我沒有試過，因為我找不到三把不同顏色的塑膠尺。其實，我想做的是另外一些特別的萬花筒，例如，把手電筒變成萬花筒，在晚上拿着手電筒，按下光就有萬花的景象，豈不有趣？又例如，不舉例了，還是由各人自己去發明、去創造。還是說說甚麼人發明萬花筒吧。根據說明書，發明萬花筒的是蘇格蘭的一位科學家大衛·布儒斯特（David Brewster），生於一七八一年。在他之前，則是古希臘數學家托勒密寫過關於光的奇異現象。

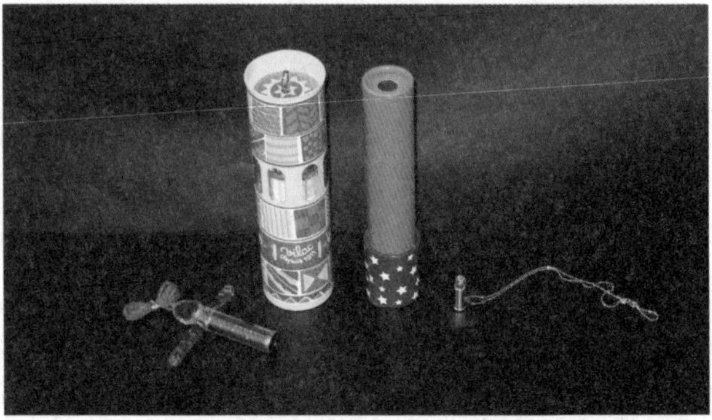

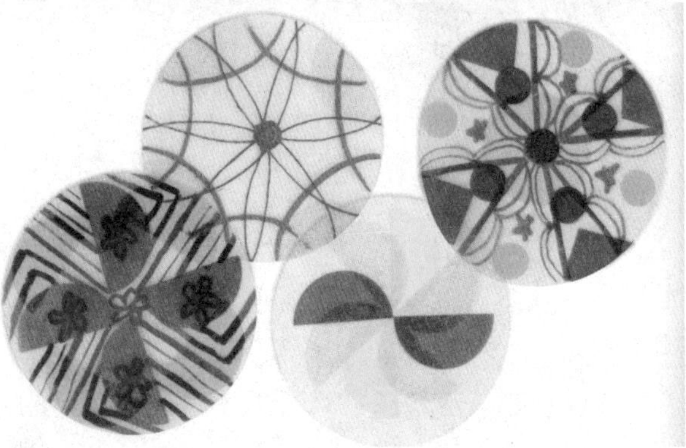

母校

怎麼樣的學校才可以稱為母校？為甚麼沒有聽到人說父校呢？母校應該像母親，當我們在襁褓期受她的孕育、親愛，離開後許多年仍然懷念吧。那麼，我的確也有我念念不忘的母校了。那是一間小學。年代不一，地點不同，學校的行政、財政、教師、學生都不一樣了。我讀的小學，位於一座大城市。生活在大城市的孩子，早已認識許多時髦的事物，家中有自來水、電燈、電風扇，街上有柏油路、電車、電影院、商場、百貨公司等。孩子整天可以上街，在里弄間玩耍，又可到商場看玩具和文具，一個有卡通人物圖畫的筆盒居然是雙層的，在下一層還可以拉出來。當然，附近就有兒童圖書館，每到兒童節，圖書館會敞開正門和側門，讓小朋友排了隊來領取禮物，包括印着白雪公主圖畫的包書紙。學生的書本都會用紙包好。

我讀的學校，名字頗長，但很清晰：上海市十區中心國民學校，我們簡稱為新閘路小學。那是市立的學校，市中不同的地區都有，名字統一以街道區分。這就和香港一樣了。不過，香港大概非市非鎮，就名為官立。是甚麼官、哪一個官？芝麻官還是糊塗官？既是殖民地，就有殖民地的氣派。有甚麼新措施、新教法，先在官校試一番，甚至試若干年，如今大概也不怎麼試了，語音未落就上場。新閘路在哪裏，在電腦上可以輕易找到，小學還在，如今稱上海市靜安區第一中心小學，經歷幾個不同的政府，已成區內名校。最近朋友還去探訪，給我看照片，隔世相認，能認出的並不多。我只記得有一家沙利文麵包店，放學後，高我二年級的哥哥會買一個麵包給我吃，一起步行半小時回家，沿路兩旁都是法國梧桐。學校的生活，我卻記得，而且印象深刻。學校的校舍寬闊，四、五層高，前面是個極大的操場，可容納全校的學生小息時下來玩各種遊戲，跳繩、擲豆袋等等，也有三、五一堆圍聚在一起，交換不同季節流行的小動物，蟋蟀裝在竹筒裏，要到放學後才能放進瓦罐裏鬥。蝌蚪用小瓶盛載，常常到洗手間取自來水，不小心就被下水管吞吃掉。蠶寶寶用紙摺的盒子裝，只有開了小洞的盒子保護，桑葉最吃香，可換不少彈弓和波子。另有四方的小竹籠，關着各各叫的蟈蟈，一個不留神，就被老師收去。男女生同校，大家一樣踢球、賽跑，雨天踩水窪。還有，那就是跳房子，在地上用粉筆畫上格子，拋下豆袋之類，跳進格子裏，再拾回。學校是讀書的地方，但我只記得各種遊戲、各種玩具。我好像仍然在格子裏，剛轉過頭，還沒有跳出來。

室內坐四十多名同學，沒有人戴眼鏡，個個穿校服，女生穿裙子，大家都喜歡上學，功課不多，上課時用心聽，回家很少作業，算術之外，寫寫生字，古文要背一些，白話文不用背。學費半年交一次，人人都有書讀。上課時會有特別的事情要稍停，因為有老師來到課室門口說：看砂眼的同學排隊。十多個同學一起離開座位到外面排成一行，由老師帶領到醫務室去。我是其中一個。開學不久，全班同學都接受檢查眼睛，病歷都記錄在案，患砂眼的最多。我們在醫療室坐上高的靠背椅，有的滴了藥水；我則被張開眼皮，抹了一些藥膏。各自拿一塊藥棉，返回教室，到人齊後，繼續上課。學校有自己的醫療室，多麼先進。

課室四周，有四個暖爐，形狀如一排彎曲的圓管，冬天很冷，極受愛寵，午飯後同學都寧願放棄操場回到課室。一天，一位同學，在門口伸腳設陷阱玩耍，我中招跌向暖爐，腦袋撞上硬鐵，血都流到毛線衣上。老師們把我抱到醫療室，醫生立刻替我縫了五針，我回家時頭上纏着白紗布，像個從哈同花園走出來的小印度人。

哥哥七十年後打趣說：不知是否因此開竅了。

上海市静安区第一中心小学

鹽水

幾個機器人，在我書桌上排排站，都不夠三吋高。我工作時，它們看着我；不用工作時，我看着它們。同是機器人，可每一個都是不一樣的。在外貌方面，它們都有頭有臉有眼睛，有手有腳有身軀，而且個個都會走動。我本來不選擇塑膠玩具，但我想看看它們如何走動，是甚麼令它們走動。

第一個，頭上有天線的小傢伙，很傳統的模樣，大概是捷克作家舞台上出現的原型，只不過兩隻腳變成了腳座。當年恰佩克為他一九二一年的故事創造了機器勞工，叫它們做 robots，意思是工廠中幹苦役的人。它們其實比我們理解的機器人更先進，是生化人（cyborg），像《銀翼殺手》中的仿生人（android）。構思不錯，機器人不需安排食宿，更不用付薪酬，可以不停地勞作。故事中途，機器人很快進化為智能機器，反叛了，它們倒過來，做人類的主人，令人類滅亡。

這成為科幻小説、科幻電影的先驅。恰佩克後來又寫了《鯢魚之亂》，成為政治寓言。我這個呆頭呆腦的小傢伙，可不用勞動，沒有智能，只有電能。是個遙控的物體，能滑行、轉彎，還會發聲和閃光。這麼一件玩具，算是摩登了。

第二個是擺脱了許多人體形象的機器人，機器的組件多，生物的結構少，而且還露出紅色和黑色的電線。這些組件都顯示和電池有關。見到它那四四方方的頭顱裝上一塊特別的物體，就知道是用來吸收陽光的設計。因此，這個機器人是靠太陽能啟動的。如今的玩具，很多都採用太陽能的裝置，的確可以讓小朋友認識科技，同時認識環保。

第三個，相對而言，更簡單了，整體變得纖細和輕盈。它的頭顱也是平板四方，卻沒有太陽能板。但腦袋後方也拖着紅黑兩條電線。小傢伙由甚麼推動呢？我知道，因為桌上的幾個，其中兩個，是我自己動手製成的。買一盒DIY，依照説明書，把組件配砌，除了接駁零件，還要安裝電線，連接摩打。那是學習的過程。在沒有太陽能板的頭頂，要裝甚麼？我依組裝方法完成了：在一個小盒中先放入一塊鋁片；接着，在鋁片上放一塊薄布，然後在布上再放一塊炭片。另外做一件事：用玻璃杯盛 2cm 清水，加入鹽，攪至融化。拿吸滴器吸取鹽水後，滴幾滴在機器人頭上的小盒內。只要啟動開關掣，機器人就會在光滑的平面上滑行。鹽呵鹽，它動起來了。整個過程中，小盒子內發生了甚麼？化學的變化。鹽是氯化鈉。鹽在水中會釋出鈉離子和氯離子，它們透過水把電從炭帶到鋁。至於鋁，變化成氧化鋁，電子又會變回鋁和炭，往返循環，造成電流驅動摩打。由鋁、鹽水和炭組成鋁氣電池。選購機器人時，見到「鹽水操控」，還以為到了魔術區。

第四個機器人是我最喜歡的，眼神和善，顏色亮麗，用發條旋動，最環保。遲些我會找個三吋高的發條 BB-8，和它一起放在書桌上，和我相看不厭。我其實另有一個 R2-D2 小機器人，可它不會走動，但會發光，因為它是電筒。

WALL·

書房

魔鏡魔鏡，誰家書房最靚？讀書人無不喜歡書房，怎樣的書房才是靚書房呢？到過一些人的書房，包括名人故居的、書本裏的、電影裏的，雖不多，可也不少。看來看去，覺得都差不多。有一種是以大唬人，一進去彷彿被關進書本的牢獄，因為四周都是牆，牆就被書本擠滿。這種場所，容易令人窒息。書房也要留白，不要像填得滿滿的西洋油畫，也不要像匆匆幾筆的中國水墨。大書房，讀書人無不嚮往，但大不等於靚。那麼英國建築師建的阿當大宅，裏面的半月形書房可真夠靚的。我站在半月的中央，轉了一周。這地方真是華麗，標準的新古典建築，一樑一柱、一窗一門，無不依照希臘的紋飾和尺度。半月形小小的，外部空間則四通八達，但書本竟不多，只填滿三面牆面，一片金碧輝煌。至於桌椅，一件也沒有，難道要站立讀書？如果真的提供座位，看來也像在街邊坐在石階上。

金碧輝煌的書房絕對和靚無關，書房的靚不屬於視覺，而是感覺。坐在那裏舒服嗎，溫暖嗎，空氣清新嗎，寧靜嗎？坐在那裏，你渴望讀書嗎？抑或有太多的東西令你分神。所以別説狗窩似的書房不靚。有沒看見過理想的書房？有啊，在一間建築師的自己設計的房子裏，有一間不錯的書房。這位能夠為自己設計房屋家具的人是蘇格蘭新藝術主義的名將，他的家在格拉斯哥，那裏還有他設計的楊柳茶室和格拉斯哥藝術學院。

設計師的書房只是一個大房間，家具很少，一個壁爐，一個書櫃，幾把椅凳和茶几，有時會多一二小櫃。真的看書的地方，沒有巨大的寫字桌和大班椅。一般的書房都是幽幽暗暗，灰灰黃黃，像貨倉。這書房卻整個一片白色，地毯、櫥櫃都是純白，除了特別製造如同展覽畫的玻璃。壁爐很簡約，爐邊有給貓睡覺的平台。書櫃最特別，不是高不可攀到要動用雲梯，而只是相若人的高度，內分三層，有門可關，不需玻璃透視，沒有炫耀的意圖，又可防塵。書櫃正中漏空，是放報紙、雜誌的地方。

書房中有簡約的小桌，卻有兩把出色的椅子，兩把都軟墊，一把有大靠背，另一把則像花轎似的，三面合抱圍着中間。這椅子是繼承「女王安妮」式的樣子，兩邊圍住頭部可以防風，以便小睡吧。我們熟悉的麥金托什椅子一般都是背部特高，有如梯子，哪知這位設計家還會做出這麼溫柔的作品。唉，這麼女性化的書房，正是為他的妻子設計。

當然這個書櫃裏的書本都是我做的，內頁用木頭，封面用紙，從雜誌上剪下來。不過桌上兩本小書，這可不是仿品，上下一套兩冊《格列佛遊記》，是真書，特別製造成縮影版，從英國真金白銀，請格列佛這位旅行家到來我們這個肥土鎮，入住專誠為他而設的娃娃屋。至於整座房子，比四人飯桌還大，只好買了家具，佈置一系列「盒子房間」。麥金托什還做過一張特別的書桌，叫 kimono，因為桌門打開，就像一件和服。

茱萸

那天，因為是中秋節假期，所以，一張圓桌，團團地圍滿了親人。親人當然是指除了手足之外，還有親人的親人，諸如此類。如今，近親團聚，可不是一件容易的事。圍聚吃飯本平常景色，父母子女在家同時吃飯有何特別，例如我家，數十年來，圍坐的總有十個八個人，三代同堂，祖父母，或外祖母，父母，兄弟妹妹，很是熱鬧。無論地方怎麼小，一家人團聚，總有辦法擠得下。有時還喧嘩談話，七嘴八舌；也有時家長訓話，這時候，大家都悶聲不響，快快吃飯，匆匆溜走。我家吃飯，有個習慣，每人有選定的餐具，所以，哪個飯碗出現，就代表哪個人在場，碗打破了就由家長或自己另選。到我長大，一般的飯碗有七隻不同的花式，父母各一，兄弟手足五人，又各一，男生大都是龍款或山水風景，女生則是花卉，從不亂套。文明中國，瓷品精美，一般家庭，都用漂亮的彩瓷。

照傳統，中國人吃飯就在家裏吃，而這個「家」，是不斷演變的，時大時小，也有數十年不變的。所謂「家」，年幼時自然是父母的家，若父母離世，雖然仍是同一的家，卻會變成長兄或大姐的家。以前，一個家就由父母開始，父母離世的話，這個家就會變成長兄的家，眾手足都住在長兄的家中。那些原本是家中一分子的子女，本屬平輩，地位卻會下降一級，難免有寄人籬下的感覺。現代社會又傾向核心家庭。舉一個例子吧，我在家中手足榜上排名第二，排第一的是長兄。我們手足一起過和諧生活，隨同歲月一同長大。忽然一日，大哥說要結婚了。弟妹們大抵會禁不住思量家中房間的分配，還要不要重新編排雙疊床的舖位。大哥卻對如今已成唯一家長的母親說，他會搬出去生活，但會常常回老家來看她。母親不能不同意，她心目中溫文的她，會和她一起同住，關懷她、照顧她的理想媳婦，後來每年來她家作客，成為她得準備美食茶點招呼的貴賓。晚飯時候，兄長和她都用新的專屬私碗，平日，碗就藏在碗櫥的深深的暗角。

弟弟也在長大後，因結婚搬走，離開了姐姐的家，幼妹當然是出嫁的，從此，飯桌上只有兩隻專屬的飯碗了。那天因中秋節而眾親友在我家中吃晚飯時，我意外地看見大家手中的碗竟是家中招待一群親友才動用的青花米通。不光是飯碗相同，而且是全套上場，包括湯碗湯匙、醬油小碟、菜碟等等。我並沒有示意，用甚麼碗是新上任的家務助理自己的主意，令我很驚訝。

近年來，我早已不用自己的私碗了，用的也不是一般的飯碗，而是湯碗，沒花鳥蟲魚的圖畫，也沒亮麗的顏色，因彩瓷含對身體有害的物質，改了用湯碗是方便，把飯菜全放進碗，用湯匙吃飯，像韓式。年晚大掃除，在碗櫥掃出一疊碗，在暗角也不見天日，因為美麗而藏起來，數數看，有父親的龍碗，兄長和弟弟的藍碗，母親和幼妹的花卉碗。碗的主子還有誰會回來同桌吃飯？父母當然不可能了，其他的碗也漸漸失去了它們熟悉的溫暖的手。此後清明與重陽，和誰結伴登高？遍插茱萸，又少一人。

萬

彩瓷

喜歡的玩具除了布的、木的、鐵的之外，還有泥土的，也就是陶瓷了。因為喜歡陶瓷，所以，旅行的回程途上，甘心情願當苦力。從瑞士蘇黎世參觀熊展回港時，一手提着一袋大毛熊，也蠻重的，難怪有年輕人索性把呎半高的大毛熊放進背囊，只露出頭來和經過的途人對視，引起不少目光。三隻大毛熊頗重，但也有限，不外是毛料，一座實甸甸的中世紀玩具屋就不同了，木結構的莎士比亞式茅頂建築重量可不是開玩笑，竟也一隻手提着從台灣的袖珍博物館一路帶回家。這兩次是光天化日下，明目張膽的入境，其他的重物都是不為外人知的藏到手提行李袋中。那年代，幸好沒有那麼多恐怖分子。

用手提袋裝物，主要是保護物件避免碰撞或摔破，因為全是陶瓷。在台灣板橋買到一盒九塊「蒙娜麗莎」是例外，因為台灣並不以陶瓷著名，再說，蒙娜麗莎也不是本土創作。哪裏的陶瓷才著名呢？以歐洲來說，當然是荷蘭和西班牙了。荷蘭的青花陶瓷，老實說，我們中國人是看不上眼的，但以歐洲的水準看也不差，圖案有帆船、花卉、動物和獵人，器皿則是鬱金香花瓶、風車音樂鐘之類。當然，瓶罐壺盤之外，法國和英國的柴郡瓷公仔都是另類精品。回到碟子、盤子、牆磚就數西班牙了。受過摩爾人洗禮的西班牙，混合了外族文化的精粹，擦出了第三類火光，滿街都是鮮艷的色彩，尤其在高迪的作品中綻放，充滿激情。

過了地中海，就是土耳其了，彩瓷磚在那個國家真是琳瑯滿目，一座座清真寺，整整一幅幅牆都貼滿瓷磚，藍藍的、青青的、綠綠的，一片海水的幽靈，各式各樣的碟子、盤子、水煙壺、香水瓶，上面都是圖畫，本土的、歷史的、地理的，還有天文的、占星的，美不勝收。過了地中海，就輪到摩洛哥了，在馬拉喀什的市集上，地攤上堆疊的都是磚塊，幾何圖形，色彩素淡，菜盤子上覆着金字塔式的碟蓋，都刻上簡單的線紋，好像我國的仰韶文化圖像。不知道製造這麼多的磚塊做甚麼？我又選了那麼多的磚塊回家做甚麼？

喜歡就是了。西班牙陶瓷上的圖畫和荷蘭的已經很不相同了，西班牙會繪水果，綠的梨子，紫的葡萄，黃的香蕉，他們愛畫花樹和鳥、葉子和果子。土耳其人喜歡在碟子上畫細密的人物和故事，和波斯人一樣偏愛花園和流水。他們畫花園中的生活，穿着傳統的長袍、背心、外套，纏上頭巾，席地而跽坐，彈琴和聆聽，寫作或朗誦，閒聊或喝酒，有人只顧遛狗。花園裏遍地是花卉和各種果樹。碟子是掛飾，可以掛上牆，碟子的背面有作者簽署，寫着年月日和手作的字樣。

伊朗的瓷磚很厚重，形狀有的四方，有的星狀，繪的是花葉、獅子和少年，自成風格。我是如何花盡心力把它們用衣物緊緊包裹帶它們回家呵。許多年來，我還一直想：該如何好好地把它們掛上牆，而不會從牆上掉下來呢？

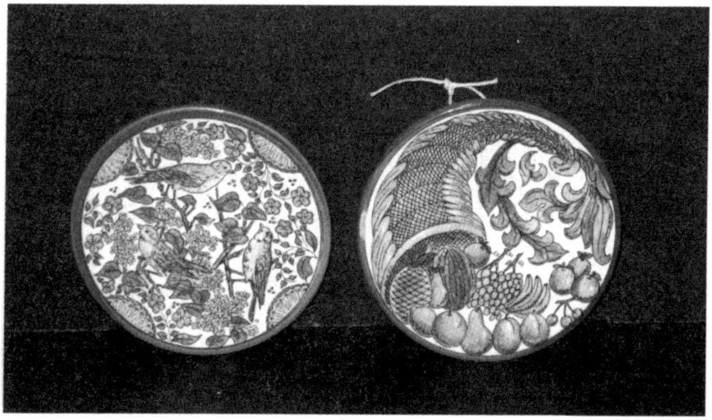

瓷貓

一切由一個故事開始。故事的主角是一隻貓，名叫班尼狄。牠可不是班尼狄福爾摩斯，但牠同樣是電影明星，而且紅得發紫。報紙上每天都有牠的新聞，不是下一部片牠將演甚麼角色，就是牠如今身在非洲馬達加斯加，或者巴西里約熱內羅甚麼甚麼。最新的一件新聞卻是，班尼狄結婚了，新娘子是名模露絲瑪麗。於是，一冊厚厚的故事書出版了，裏面都是班尼狄和瑪麗的圖片，牠們的新居啦，家居佈置啦，各款時裝啦，旅行的照片啦，等等。

本來只是一本書，名叫《班尼狄的世界》，作者會畫畫，繪圖本不但吸引小朋友，也吸引許多大朋友，因為繪本中的主角是貓，讓貓迷無限支持。故事的作者不但會講故事、會繪畫，還會製瓷器，這又引起了瓷商的注意，於是班尼狄瓷貓上市；這已經是十年前的事了。我第一次見到瓷貓時，類型不多，只見到班尼狄站在一旁，手拿士巴拿，大概汽車出了點故障，需要修理。阿班身穿藍色條紋西裝，有趣的是，身上有魚的裝飾。坊間瓷娃娃大多是維多利亞時代的古典美女，很斯文典雅的模樣，不及十八世紀的柴郡女子活潑，著名的柴郡瓷娃娃都是壁爐架上不可或缺的擺設之一。有趣的瓷公仔不常見，而且是系列的，而且是貓。我所見的班尼狄瓷貓雖是第一批，但角色已不少，除了班尼狄和露絲瑪麗和牠們的兒子馬克斯，還有牠們的小女兒露西。一家四隻，有單獨造像，也有雙雙出場，更有一家貓一齊乘車等等。最矚目的竟是除了一般五、六吋高的公仔外，還有兩個特別的高大，每個高達二呎。當然，價格也達到四個數字。我看了半天，買了個班尼狄拿着士巴拿。

後來過了一年，竟見到了第二批班尼狄，這次是班尼狄和朋友系列。班家的朋友可多了，蛇呀、象呀、食蟻獸呀、環尾狐猴呀，地點也遍佈世界各地。雖然喜歡，但不敢放肆，買了一個露絲瑪麗。沒想到過了一年，又見到第三批班尼狄，是班尼狄和家人做着不同的運動，乘腳踏車、游泳、滑雪、打高爾夫，真是沒完沒了。這次，我買了兩個北極熊，因為熊身上有許多魚。第四年，第四年沒有再見到新的班尼狄。店裏的瓷貓也賣得七七八八。到了第五年，連最高的瓷貓也不再出現。我一直最喜歡的一件班尼狄製品是一座土耳其浴室，露絲瑪麗躺在床上蓋着毛巾。我遲遲不捨得買，現在很後悔。

瓷貓本身的特色是全身彩繪，色彩斑斕，服飾時尚，健康活潑。不論作何種打扮，總有一些魚點綴在身。主角雖然只有四名，但每一個都有多款不同的變化，又有彼此之間不同的組合，加上和其他不同的動物相聚，更加變化多端，整個系列，琳瑯滿目。作者是誰？原來是奧地利一位女士，名字就叫露絲瑪麗·班尼狄。她在維也納哈茲朵夫時裝學校畢業，研究軟織品、設計、繪圖等科，有堅實的雕塑根底，作品果然有力、抒情又靈動。她說她從小在一個養貓的環境中長大。有人問她和瓷貓除了名字之外有何共同點？她說我們都愛宇宙和大自然。她當然喜歡畫貓，最喜歡畫的其實是長吻浣熊。

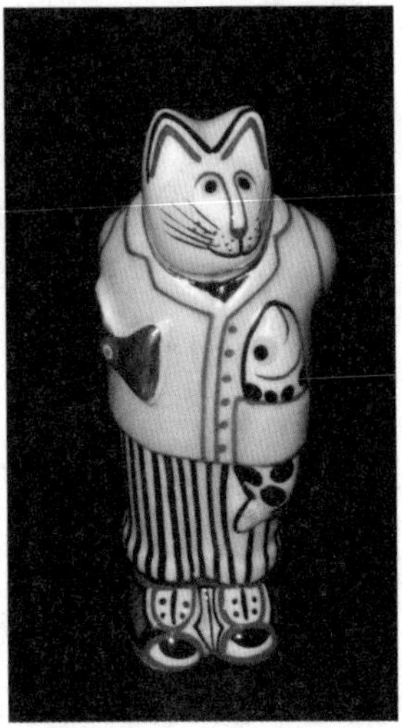

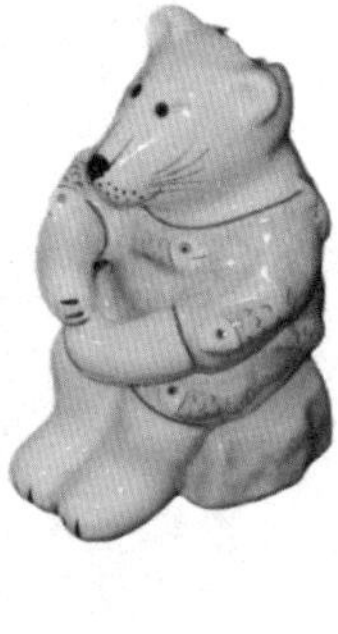

層次

這是另一個在葉壹堂買到的優質玩具，屬於砌圖遊戲的範疇。不是平板式，是立體的；不是幾百幾千塊碎片，只有九塊；不是看着模本照砌，而是透過鏡像。因此，真有點難度。整個設計有兩件立方體物，一件是底盤，盤底有九個洞洞，方便手指把壓在上面的錯置方格推走。盤內東南西北四個方向的壁上都有圖邊，每邊三幅，共十二幅。另一組件是九個正立方形的「骰子」，用來砌圖，拼貼入盤中。

砌圖遊戲當然有模本，這套遊戲可砌五幅圖，原作是荷蘭怪圈畫者艾舍爾（M. C. Escher）的作品。我到過艾舍爾在海牙的博物館，這館英文叫 Escher in the Palace，進駐了女王的宮殿。荷蘭某些宮殿成為了藝術館，某些老教堂可以舉辦藝術展，這才是真正的活化。艾舍爾的畫作，以幻象、錯覺著名，令人瞠目結舌，挑戰人類的正常思維，例如：一條瀑布，從上而下流，河水兜兜轉轉，竟會流回瀑布的起端，有如玩魔術，過程中一切並無破綻。且說砌圖的其中一幅吧，名為「天與水第一號」，圖中的上半是白色的天空，空中有一群向東飛翔的黑鳥。圖的下半幅是黑色的水，水中有一群向東游的白魚。很明顯，這群魚是上層的飛鳥變成的。不知他有沒有看過莊子的〈逍遙遊〉，小魚變成大鳥？飛鳥和網紋魚共排成九行，飛鳥群自第四行起開始幻化，到了第七行已幻化成一條條魚。幻化的過程清晰可見。艾舍爾用的技巧是「層次串」，在他的畫中，一個單一的主題（飛鳥）可以出現在不同層次上，即一個是現實的層次（真象），另一個是幻想的層次（幻象）。兩個層次相伴而行，無論哪一個層次，都串成另一個層次的一部分。

在「天與水第一號」的圖中，我們看到天空中共有三行清晰的黑色飛鳥，到了第四行，黑飛鳥的旁邊出現了白游魚。這時，飛鳥是真鳥，游魚是幻象。到了下一層，這個次序已經變了，游魚已成真象，飛鳥反而成為幻象。這一技巧就是「層次串」。

玩具的第二組共有九個正立方體骰子，這堆骰子個個不同，經過精巧的設計。

一粒骰子有六個面，面又有內和外的分別。這些面上有些貼了畫作的一部分，有些貼了鏡片，有些則空白。砌圖的方法其實只是把九個骰子填入盤中，但骰子上的圖畫方向卻是東南西北不同，而且多半反方面。因此，砌起來也得依從鏡像來還原，十分有趣，甚考功夫。

亞里士多德的表述認為：A是魚而B是鳥，如果A不是B，則A不能是B。艾舍爾面對非此即彼的二分法，不用邏輯學，不用公式，只用圖畫表示了複雜的觀念，他對相反通過中介達到了相成。我們現在還是停留在善與惡、黑與白、天堂與地獄對立的觀念嗎？愛因斯坦的狹義相對論和玻爾的互補原理，兩者都認為，相反的兩者是可能在錘冶下形成分不出彼此的合金。事實上，善惡、黑白，是互相連結，更是物事存在的狀態。好天使與壞天使可以矛盾轉化，難道只是我們的幻覺？

玩具盒裏還有另外的四幅圖，一幅是「畫手」，一幅是「畫廊」，一幅是「拿着發光圓球的手」，還有一幅是「青蛙和蟾蜍」，都可以細說一番；篇幅有限，有機會再談。現代畫總有很多奇異的故事，艾舍爾還有許多畫，像「巴別塔」、「螞蟻賦格」、「莫比烏斯帶」等等，買一本他的畫集，可以看一個下午。別以為荷蘭的畫家只有倫布朗、梵高，或者蒙特里安。

回答玩具問題

（一）你還記得最早被玩具吸引是甚麼情境嗎？

小時候看圖畫書，例如《白雪公主》等等，很喜歡，對白雪公主的衣服印象很深刻，那種泡泡袖，有一個一個小孔。我把人物公仔剪下來，然後按照它們的身形畫不同的衣服，把衣服掛在它們身上。衣服我自己設計，當然是東抄西拼，我還替衣服塗上顏色。然後想像它們的故事。其實不止是衣服，還有帽子、蝴蝶結……七十年後，我玩的原來還是這些，分別是我想像的內容，已經很不相同。

記得我還玩火柴盒，我把大人的火柴盒收集起來，然後用漿糊貼起來，當是屋子裏的家具，書枱、沙發之類。小時候玩的，大多不是現成的東西，要自己DIY，想像一種特別的情境。

（二）可以分享一下逛玩具店的有趣經驗嗎？你逛過最喜歡的玩具店是怎樣的？

我一直喜歡逛玩具店，也逛過不同地方的玩具店。在香港，我看中了某件玩具，好幾次，店員會說：買給小朋友，或者孫兒吧。當我說：不，買給我自己。他們會有點驚異。這在外國，從來沒有人會這樣問，因為根本不成問題。有的玩具說明不宜兒童，可從沒有說不宜成年，或者老年。有的玩具註明，適合六歲以下，或者十二歲以下，可從沒有說以上的。那麼是否要製造專門給老人的玩具呢，我看也不必，我想好的玩具應該適合所有人，不同年齡，不同種族、膚色。

我喜歡的玩具店很多，但沒有最喜歡的，因為沒有一間包含了我喜歡的所有玩具。在英國，我可以找到微型屋各種配件的專門店；在日本，是 Tokyu Hands，同樣可以找到做玩具的材料。在香港，我過去喜歡去 Wise-Kids，好像叫慧思。

（三）讓你開一家玩具店，它和一般玩具店會有甚麼不一樣嗎？那是怎樣的一個地方？

我會開一家微型屋，或者叫娃娃屋的店，屋子裏有屋子，不同系列的屋子，有大有小，比例一定是一比十二，或者一比二十四。娃娃屋最初在歐洲出現，是寫實的，反映當時的生活，也讓小朋友認識、學習生活，例如廚房用具，現在的娃娃屋，要反映現代的生活。不過，娃娃屋也可以是寫意的，設計一種理想的生活。我這一家娃娃屋，要實，也要虛，至少有一半讓客人自己創作、設計。對了，內裏還要有一家長者玩具專門店，放的全是長者玩具，Toys For Elderly，長者可以DIY。

一位朋友把陶淵明的桃花源也讀成一家他開設的玩具店，不知外面的世界，正是抗議外面的世界，一個異托邦的地方，在那裏，你不是神仙，你還得辛勞耕作。那麼，我是否也已經開設了這麼一家玩具店，用文字寫了，也有我努力營建的實物，叫《我的喬治亞》？歡迎朋友到這家店來。

（四）如果你擁有一部扭蛋機，扭蛋殼裏會放些甚麼？

我玩過扭蛋機，但不喜歡，那是碰運氣的遊戲，像抽獎，有博彩成分。我不知道扭蛋殼裏會放些甚麼。空氣？

（五）抱歉要問一個沒趣的問題：你玩過最沒趣的玩具是甚麼？

最近美國出了一種蓬蓬捏捏球的毛球積木玩具，叫 Bunchems，材料據說是環保級塑膠，一個一個帶着小鉤的各種艷彩塑膠小球，不需要黏貼，加上小配件，像眼睛之類，就可以互扣成各種小動物，蜘蛛啦、小狗啦。宣傳說能開發孩子的智力、形狀認知，等等。可是，說明書聲明要小心遠離毛髮，不然會纏繞；所以也要遠離寵物。這就成問題了，針對小朋友，當然要適合小朋友。不過我試過放到髮上，其實沒有問題，因為我的頭髮沒有小鉤。所以 Bunchems 還不配當最沒趣的玩具。

有趣沒趣，因人而異吧，但玩具的前提是要安全、環保、不會傷人。有些玩具是會傷害人、傷害動物的，我以為是最沒趣的了，我不會玩。

（六）如果此刻身邊沒有玩具，你會有甚麼感覺？最想念的玩具會是甚麼？

怎麼會沒有？問題是：甚麼不是玩具呢？一本書，一幅圖片，一窗街景，總可以賞玩。也許沒有玩具的感覺，其實是失去自由。玩具最好由自己自由創造，至少參與創造，要運用想像。這樣的玩具，是積極的玩具；打機、扭蛋，是消極的玩具。人如果只依賴消極的玩具，一旦失去，的確會感覺不是味道。所以，不是玩具的問題，而是你玩的是甚麼。玩政治的人，玩核武的人，失去了這些玩具，會不甘寂寞。

我寫「我的玩具」專欄，每周一篇，初時有些朋友以為我只能寫三兩個月，誰知我一寫兩年多，精神許可，還有讀者的話，我可以一直寫下去，我從來沒有題材的煩惱。

想念是失去了的一種心理，我還沒有遇到最想念的。

（七）有沒有試過丟棄玩具？那是一段怎樣的經歷？

當然有，有的是我玩不了的，例如很複雜的鑲嵌的東西，我眼睛不好，也不能太用神，試了一陣，只好放棄，我好像也寫過，放棄的是自己。玩具有靈，被丟棄的感覺很不好。有些山，你上不了，是你知難而退，山哦，沒有問題，它不會走向你。也有的玩具，我轉送了給其他大小朋友，玩具也可以漂，像漂書。

（八）你覺得玩具對一個人來說重要嗎？

玩具，對人、對任何動物都非常非常重要，甚至對植物。有一次，一位朋友遊戲人間太久了，說他別鬧，他說「All work and no play makes Jack a dull boy」，只做不玩，孩子會變獃。不過還有下一句「All play and no work makes Jack a mere toy」，只玩不做，孩子變玩具。但工作和遊玩，並不一定是對立的，好的玩具，會調節、改善人的工作，令人更努力工作。我們說「玩物喪志」，其實好的玩具，可以養志，可以勵志。玩，除了貶義，還有好的意思，玩賞、玩味。文學藝術絕對不能缺少遊戲的精神，中國的莊子是偉大的「玩家」。

（九）〈玩具店〉裏說：「如果你保持八歲的心神，那麼沒有甚麼不是玩具。」為甚麼童心那麼重要？

中國古人說童心即是真心，失去真心，就不是真人。童心不是幼稚、無知的一種心，那是經過山不是山水不是水之後，回到的初心。西方不少藝術家也這樣說。世故的人玩政治、玩權力，就沒有童心，他們考慮一己，或者一黨、一個小圈子的利益得失。

（十）你說過艾柯寫小說像在製作中世紀的萬花筒，文學作品可以寫到像玩具一樣嗎？你讀過最好玩的文學作品是甚麼？

可以寫到像玩具一樣，出色的作品其實就是玩具。你要改變世界？玩具其實就在改變世界。

我很少想到「最」，我讀過很多好玩的文學作品，但分不出哪一本是好玩之最，例如《巨人傳》、《格列佛遊記》、《項狄傳》，卡爾維諾的《樹上的男爵》，最近看到《宇宙奇趣全集》，內地首次將卡爾維諾從一九六四年起的所有宇宙奇趣的故事收集起來，不是 Philip Dick，或者 Neal Stephenson 那種科幻小說，而是像神話、像寓言。像卡爾維諾那樣好玩的小說家，啊啊，好像不多，也許沒有了。

（十一）現在的玩具，種類很多，應用的技術也很先進，愈來愈自動化，但它們的功能、玩法往往都是預先設定好的，有人會慨歎表面上的進步其實是退化，小孩有很多玩具玩，卻發揮不了創意。會有一天，我們的玩具只有遊戲機、手提電話嗎？你覺得玩具會怎樣變化？

再這樣發展下去，到了那一天，我們自己就變成它們的玩具，是落後、愚蠢的東西，最後它們會覺得我們不好玩，丟棄了。

（十二）〈玩具〉裏的魚冰雕，雖然最後融化了，它仍然是玩具。還有沙灘上堆沙、吹肥皂泡，以至白日夢夢到的草地彈彈床、動物城市，這樣想下去，玩具的實體好像不一定很重

要，玩具的意涵可以延伸到很遠。玩的過程和心情其實是不是比玩具本身重要呢？你有想像過甚麼不存在、不可能的玩具嗎？

是的，過程是否比目的本身更重要，我不能判斷，但肯定並不比目的本身更不重要，因為這是互動的，像形式與內容。我看文學創作，對我來說，何嘗不是玩具，我看重的是形式的創新、突破，你告訴我這小說這電影反映社會甚麼甚麼，好的，因為這也是一個角度，內容也可以是一種突破，但要評斷文學藝術，還是要回到美學形式去，要從美學形式去判斷，不是社會學、政治學、人類學……烏托邦，不就是不存在、不可能的玩具？

（十三）你説過「人不是其他生靈的唯一界定」，另一方面，沒有生靈的玩具卻能界定人，比如説，反映出人喜歡遊戲，是遊戲動物。玩具是鏡子，人會照出怎麼樣的自己？

你讀甚麼、吃甚麼，你對政治的看法，通通反映你自己，玩甚麼當然也反映你自己，你的好惡、素養、心神，甚至你生活的圈子、文化氛圍，等等。反映可能並不那麼直接，因為鏡子也有許多種，有的折射，變得扭曲了，有時候又要運用顯微鏡，照到深層的無意識去。

你說玩具沒有生靈，再過一些日子，人類會向主宰他們的玩具投訴，我們是有生靈的啊。

卷二

造房子

公雞

等了許多年，終於等到它的出現。那是一串十二生肖的刺繡手工藝，從頭頂的老鼠開始，往下數，數到第十隻，就是我要找的生肖：雞。其他那些年，年年都是十二生肖的布公仔，其中怎麼少得了雞呢。是的，十二生肖中必定有雞，為甚麼還要繼續等、繼續找呢？這就得從毛熊說起。幾年前，我學習縫毛熊，老師要我縫三隻毛熊參加比賽。我那時右手還算靈便，一縫，縫了五隻，是《水滸傳》的人物，計有九紋龍史進、青面獸楊志、沒羽箭張清、浪子燕青和鼓上蚤時遷。每個角色都有一件獨門武器和身體特徵，不外棍棒、石子、笛等，而時遷呢，他一出場是個偷雞賊。碰巧歲晚，坊間推出賀年吉祥物，我見到一串十二生肖，有一隻彩色的雞正合用，於是剪下縫在時遷身邊，雙手緊抱。自我感覺非常良好，還拍了不少照片。忽然一日，看了毛熊半天，喊了一聲錯了，時遷偷的是一隻公雞，怎麼我竟讓他摟着一隻母雞？

決定要為時遷找一隻彩色的刺繡公雞，所以一年一年地等，終於等到了，立刻給時遷換上。我記憶中有一個雞的故事。因為戰亂的緣故，年幼時曾避難到姑母家中，並沒機會住進她在城中富麗堂皇的大夫第，而是躲到鄉間的村舍去。一天，我抱了一歲大的妹妹去找在鄰家喝茶的母親和姑母，經過一座竹林，碰到一隻神俊英武的漂亮公雞，正想多看牠一眼，牠卻一話不說朝我衝過來。我連忙逃跑，但跑不快。公雞不但跑近我身邊，還飛躍起來，在我手臂上啄了一下。我整個人帶傷找到了姑母，眾人立刻替我止血包紮。晚上，我在鄰家吃飯。那家人說：來，吃一塊雞肉，就是這隻雞啄了你。我一聽，立刻哭了，飯也不吃，拋下碗跑回姑母家。我一點也沒有怪那隻公雞呀，牠是在保護牠的家園呀，牠是在保護牠的小雞和母雞們呀。那麼美麗的一隻公雞，我多麼喜歡和牠做朋友。在農村地方，雄赳赳又健碩的公雞是非常珍貴的，這和性別完全無關。是我不好，因為我是姑母的侄女，姑母是當地的大戶人家，附近的田地都是她家的產業。

記憶中的另一次又因為戰亂。一位叔叔帶了一籃子兔子到我家來寄養，因為他在鄉下的房子已經受到戰火的威脅，而我家房子側面卻有一塊空地。於是，搭了網架圍着一群兔子。兔子多麼溫柔，眼睛紅紅的，耳朵長長的，走起路來一蹦一跳。我和弟妹連忙出外拔草回來餵牠們，原來兔子並不怎麼吃草。叔叔給牠們吃的是白菜、紅蘿蔔。兔子在我家住了大約一個星期，叔叔辦妥了他要辦的事，也找到了兔子的去處，就把兔子帶走了。那天晚上吃飯時，桌上竟然有一碟兔肉，我又哭了。那不就是我餵過牠們吃白菜和紅蘿蔔的兔子麼？

不久，我也離開了那座紅磚綠窗伸出煙囱的平房，帶着兔子的記憶和戰亂的創傷作別了我的童年。是的，如今時遷換上他在小說裏應該有的公雞，因為神俊健碩而又勇敢的公雞對鄉下人來說非常珍貴，尤其是在一本陽剛十足的小說裏。普通的母雞，又怎可能引起一場後續的「三打祝家莊」。

巴士

有一件事，到現在還是不明白。我說的事，是我的父親如何會認識我讀中學時的校長。我父親從沒到過我的學校，而我校的校長從沒到過我的家，當年很少老師要見學生家長，更沒有家訪。事情是這樣的：我父親的職業是九巴公司的一名稽查員。早期的巴士上，一共有三名工作人員，車門一頭一尾。司機負責開車。售票員負責售票，乘客上車，一律要買票；售票員從車頭擠到車尾，一手拿票簿，一手拿打孔機，把票子從簿子上拔下來，打上一個孔洞才交給乘客。車上的第三名工作的員工名守閘，他的工作是守在車門邊，車到站停下時，讓乘客順利下車，然後再讓另一批乘客順利上車。市民都明白，這件工作，名為守閘，其實是當糾察。上世紀五、六十年代，並沒有排隊的習慣，在車站上等車，車子還沒停定，門口已被一堆人重重包圍。幫助乘客順利下車，其實是用力把乘客推下車去；而幫助乘客上車，其實是拼命不讓人擠上車去，彼此推拉撕扯，角力連場。巴士開走時，透空的車門橫欄上還掛着下不了車的手臂。

我的兄長當過守閘員，晚上回家，天天要搽跌打酒。我父親運氣好，他不是守閘員，只負責查票。他的工作是上車檢查誰沒買票，他不用與人比武，只叫沒買票的人補票。想坐霸王車的人早在稽查員上車時就由另一門下車溜了。於是相安無事。查完票，我父親就下車在巴士總站做些站長做的雜務，例如，哪一條路線的交通要改道或調度，處理些突發事情。所以我父親常在尖沙咀巴士總站工作。那時候，九廣鐵路的火車總站就在尖沙咀鐘樓下，星光行那邊還沒有書店哪。遠一點才是辰衝。

我讀的是教會女校，冬季的時候會招一些插班生。消息由姑母傳來，因為表弟在那校讀小四班。女校有男生入讀，聽來奇怪，卻是真事，但只收小學生，小學畢業就得離開。那年代，香港往來的移民很多，許多商人得到處工作，就把孩子留校寄宿，姐弟同一學校，也是權宜之計。我報名考試，只得後備生的名額，後來才取錄，英文不及格，但中文和數學高分，所以破例收了。我們的校長在我印象中是位端淑的長者，只穿旗袍，梳個髮髻，步態穩重，風度翩翩，像位名門貴夫人。我們每天上學都見她一次，因為學校早上兩節課後，都到禮堂聚集崇拜，由校長帶領先讀聖經，後唱聖詩，然後聽老師演講，報道各種活動。我們最熟悉的自然是她的聲音，至於臉面因為遙遠，其實模模糊糊。貴夫人每天如何出外工作，坐私家車、乘的士？都不是。校長住港島，學校在九龍，她坐船過海，到尖沙咀後乘巴士返學校。有一天，她在車站見到一名穿白色制服的中年人向她問好，然後說他的女兒在她的學校讀初一。他說，一家人因避難到此，生活不易，能不能申請減些學費。北方的學校，學費是一學期交一次，這裏的卻是月費，除了學費，還要交堂費。她見到的中年人，穿白色稽查員制服，正是我父親。她大概說，貴子女可以試試申請減免堂費。於是，從初一到中六，我在校攻讀六年，一直到會考，都是學費十八元，堂費十八元都減免了。學校每月一號收學費，我總是在三號才交，因為巴士公司在二號才發薪水。

小精靈

有朋自荷蘭來，不亦樂乎；她到香港來逛書展會朋友。多年不見，一碰面就頭碰頭聊個不停。生活好嗎？好，所以有空到處逛逛看看。看，那是一座荒廢的教堂，被棄許多年，荒蕪寂寞，卻有人將它買下，盡量保持原樣，內部加以裝修，變成了書店，事實上也算是圖書館。沿牆都是書架，原來的通道上擺放極長的書桌，攤開的雜誌歡迎觀看。教堂是哥特式，連片長窗，穹頂極高，內部空間非常寬敞，光線充足，坐在樓梯級上看書真是舒服。小朋友聚在童書部，自成一國，不吵不鬧，也不必父母特別照顧。除了環境，這書店內有許多好書，來，你看，我帶了一本送你。

於是，我看到了一冊設計精美、厚厚的童書，名為《利百加的小劇場》。那就是說，這部書是一座劇場，舞台上正上演一個個不同的故事。一共十七個，書內一列名單，有的是世界各地的童話，有的則是荷蘭本土的，也有的來自真人真事。因為文字是荷蘭文，因此，朋友真好，都替我翻譯好寫在紙上。內容有《愛麗絲夢遊仙境》、《芭芭啞嘎》、《貓王的故事》、《巨人朋友》、《小拇指的秘密日記》、《搖擺舞音樂咖啡》、《大鼻子情聖》、《小羊希爾系列》等。

從封面開始，我們就看見一個敞開的窗口，它就是小劇場了。劇場主人是利百加，她已經打好燈光，帶着演員上場來了，演員全是提線木偶哪，那麼，我們也不再說話，一起安靜地看吧。啞劇是無聲的，封面的窗口會一直打開，直到閉幕，共有一百個窗洞，每個窗洞都有不同的景色、出現獨特的演員。這些演員很小、很隱蔽，需要細心找尋辨認。認不出來也不用灰心，因為它們的背面都有編號，從一號到一百號，這麼多小精靈，不久也成為我們的朋友了。

九十個小精靈藏在一百頁的書本內，也就是藏在書頁的叢林中。翻一頁書紙，會看見新的風景，有花草樹木、森林鐵閘、河船橋路，小精靈可以是人物、動物、異物、飛禽和走獸。因為大部分的故事是荷蘭童話，我並不認識，只能專找愛麗絲了。十七個故事，依次序排列，可九十個精靈卻分佈全書，自由躲藏，幸好編上了號碼，否則就不易辨認。例如愛麗絲的故事，數數，出現了十三個精靈，編號卻是二、十、十八、七十四、八十二、八十四，必須逐一找尋，那倒像和找尋大葱鴨、啟暴龍等同樣花時間。

把愛麗絲的精靈找到後，我不找別的精靈了。我用常態的方式一頁一頁順着看，覺得自己像看電影，自己一動不動，而書本的畫窗不斷向我走來，走近了然後向兩旁分開，再然後消失，另一個畫面又開始走來。的確，這本書沒有文字，只有圖畫。圖畫不是畫在上百張紙上，而是漏空的，刻在、剪在紙上，如此精巧的3D手藝、畫工和設計，紙本書怎麼可能沒落呢。這個夏天真愉快，你去找你喜歡的精靈，我去找我喜歡的精靈。

BB-8

《星球大戰》的電影還沒有公映的時候，玩具店裏已經有BB-8的公仔面世了。這件活動機械人以靈活度取勝，走路不是用腳一步一步走，而是溜冰般滑行，甚至能夠用軀體打滾，在電影中還表演下樓梯。我最初見到的公仔身高約十吋，像個大肚子酒瓶，雖然趣緻，但我覺得它體積稍大，又是塑料，就等待其他產品，因為這種公仔，必定有許多版本，陸續有來。不到一個星期，果然有新發現，同樣的體積、同樣的包裝出現，我還以為是上次見到的同一樣品，卻發現價格高了一倍。不會忽然炒高到如此快速的地步吧，是我不夠仔細，第二批公仔原來是電動的，貨盒之間的一部小電視播放着電動的活物，在草地上翻滾，比小狗還活潑。我不買電動玩具，所以不動心，而且給自己另一藉口：不外一直翻滾，豈不單調。看過電影後，機械動物公仔當然多起來，我終於選了一款，很古老的品類，用卡紙動手摺拼。我喜歡動手做，懷舊的手工自有它的吸引力。就這款吧。

回家立刻打開工作。盒子裏有一本書，介紹星站的各種機械人。附三個機械人的砌配法，就是把圖形邊緣外的翼片與另一圖形外緣的翼片接砌，的確是傳統的方法。盒內其他組件就是印在卡紙上的圖樣，可以輕輕推出。我的確做過這類手工了。

取出圖樣時，吃了一驚，怎麼如此多的翼片？翼片與翼片結合，都依編號配對，一對一，二對二，正常。令我吃驚的是編號之多竟達一百以外。翼片大多一吋大小，由A和B搭配還得用插孔式：把翼片兩端向內摺，插入B片的縫隙，再把內摺的翼端攤開。這一步驟難度極高，因為翼片細小，內摺得厚度加倍，如何插入一條窄縫？厚厚的卡紙，其實脆弱，摺兩摺，就斷裂了。小朋友如何對付？我想，遇上這些的難題，只好出動漿糊和膠水來解決。我呢，我忙了整個下午，面對一堆露出密麻麻如恐龍脊的紙片，搖搖頭，全部扔進玩具回收箱。

一盒玩具，需要互動，所以，附一本小冊子，是設計者應該做的事；如何配砌，怎樣完成，更應該圖文並列，一步一步，清清楚楚，幫助參與者，甚至說明遇上樽頸如何解決。如今許多玩具的附頁，不但是設計師，還是教師，苦口婆心，把原理解釋一番，讓遊戲變成上課，例如電動的玩具，不是如何砌成，按鈕啟動，還解釋為甚麼會動、甚麼是電等等。知其然，還得知其所以然。不過，有些玩具只會折磨人，可以簡單處理的方式不用，偏要重複又刻板地把一個人當作機器，不斷處理一堆一模一樣沒完沒了的刁鑽勞役，怎不把遊戲的樂趣變成苦難。幸而人類不是只會聽令的機器，接受指導是正常的，增進知識，很好，被牽着鼻子，折磨一番就免了。所以，我放棄了，所以，我不是投降了，所以，我的紙版 BB-8 被扔進玩具回收箱了。當然，先拍兩幀存照。

整件事情和玩具無關，我還是在等待新的模型出現，結果，在年宵市場遇見了。那是一隻杯子，正好裝一杯水放在桌子上，常常見，天天見，時時見。

巨石

該看的書實在太多了，所以，沒有翻過《哈利波特》；如果要看看少年讀本，我想我會選《魔戒》。事實上，兩部大書我都沒看，只看了電影。腦子裏還記得一些穿牆魔法、騎把掃帚飛行等等。樹木幽靈與怪獸大戰，是否顯示影像又打敗文字的敘述？小說是否愈寫愈難了？電影看完，並不理會那些推出市面的玩具，不外又是些仿製的偶像和怪獸。玩具市場早被超人、蜘蛛俠等等淹沒。心想，這次可好了，沒甚麼玩具值得一顧了。原來天羅地網何等厲害，上商場轉了個圈，竟又歡天喜地順手牽了兩隻小羊回家。

玩具商很聰明，用許多方法吸引粉絲，嫌玩具太巨大麼？那就變小些，裝在紙盒內，只有半盒果汁大小。嫌貴麼？就七美元一盒，不過相等於快餐店一份午餐的消費。內容簡陋，粗製濫造吧？不，內容豐富充實，除了配合物料，另附一冊小書，圖文並茂，足足超過三十頁，介紹歷史、物料、組合圖例，還有砌圖遊戲。有否教育意義？有，指導少年認識歷史，開闊眼界，增長知識。何以如此便宜？外國專家設計，中國生產。

到底是甚麼東西？當然是哈利波特的魔法巨石寶或歷險之類的點子，一盒又一盒，成為系列，足夠粉絲追逐的新精靈。有兩件我熟悉也喜歡，因為放在桌上蠻有趣，和電影無關。第一盒稍重，由盒內掉出來，裹在膠袋中，好像一袋炭。很簡約，就是四個炭似的事物，小如大拇指，灰色，正是復活節島上的大頭雕像。刻法一樣，俐落，面貌相似，但同中有異。前額削直，雙眼深陷，不刻眼珠。鼻子很長，如一把利刃，下巴前突，嘴唇寬闊。雖然只有四個，並排成行，朝同一方向遠望，都已經是令人震懾的風景。如果多買兩三盒，十多個沉默的神秘石像，更能啟發遐思。它們一字排開，在凝神觀察，或者在守待，然後，變成了石頭。盒內沒有多餘的東西，僅有一冊小本，敘説着不同的猜測。喜歡這套玩具的話，也可以動手，找一些礦石或帽子，加在它們頭頂。

第二盒玩具，我同樣喜歡，同樣由石頭組成，不止四塊，而是十五塊。是砌金字塔嗎，那麼，石頭是否又太少了？盒子也稍重，倒出來，竟是一疊薄卡紙，綠色，紙上印了些小圈，標明數目，又印了碎石。這盒玩具的確要動手作。首先，得把綠色的卡紙砌成一個圓，原來是一片草地。盒子裏的石塊也都是炭灰色，感覺卻像泥塊，大小不同，有些石頭兩兩相連，頭頂又有一塊橫石，因此，那些石塊不是一塊，而是一組三塊才對。接下來，很清楚，用石塊可以砌出「大石陣」，就是英國著名的景點。草地上早有記號，石頭也有，把石頭依號碼放置，巨石陣立刻出現了。要知道巨石陣的故事，就要讀讀盒內的小書。我去過巨石陣，走過兩三圈，到此一遊，以為觀止了。如今才知道早年只見到石陣十分之一而已。那裏還有堤岸、深洞、步道、藍石、祭壇、壕溝、馬蹄形大石內圈等等。我們往往只看到大塊頭的外表。

衣飾

穿衣是深奧的學問。這一點，我當然明白。人人都需要穿衣，不同的人會有不同的穿法。其中一個，是把穿衣看作一種遊戲，而衣服，就是玩具。看書的時候，常常會看到書中人物穿不同的服飾，例如《紅樓夢》吧，不懂穿衣學問，如何寫得出那麼多奇奧的衣飾。不過在攝影未出現之前，小說家總是仔細的描述場景、人物的五官、人物的衣服；才一出場，就要讀者看個通透。傳統小說以人物為主，所以人物的外表很重要，衣飾當然要工筆細描。這和甚麼現實主義無關，你其實不會叫生張或者熟李乖乖站定，讓你從頭看起，這根本並不真實。

有些書本中出現的人物，卻令人覺得非常有趣。印象中最深刻的是格拉斯寫的《鐵皮鼓》，開場描述一名鄉村婦女，她穿的可不是漂亮的衣服，而是普通的裙子。特別的是，她一共穿了幾條寬闊的裙子，而且，天天的數目不變。她每天穿同一數目的裙子，可每天的衣裙都有變化，天天不同顏色、不同花紋。因為她雖然穿了多條裙子，卻每天輪換：星期一把裙A穿在最外面，星期二則是裙B，順次C、D、E輪轉替換，一周後再重複。這位農婦並沒顯示出甚麼深奧的穿衣學問，她可是在玩穿衣的遊戲，衣服就是她的玩具。事實上，歐陸女子穿長裙下田工作本是尋常打扮，穿一疊衣裙當可保暖，如需清潔，一天也可只洗一條裙子。小說中的村婦則選擇不下田的星期日一次過洗所有的裙子。

其實，村婦的穿裙法即使真的當遊戲，也是認真、嚴肅地玩，有更切實的功能。比如說，在戰爭頻繁的年代，分分鐘面臨逃亡的命運，倉卒中哪還考慮到穿衣打扮的問題。一堆裙子，根本就是一列行李袋，裏面塞滿證件、錢財、珠寶、心愛的紀念品，還可像手提袋般裝滿乾糧、藥物。災難臨門，不容你慢慢收拾細軟，幾條闊裙，可以隨身走，可當被褥，可藏武器，兩隻手還空出來扶老護幼，何須再拖行李箱。

呵，說到哪裏去了？我其實想說的還是衣服本身的用處。人們穿衣，本來是為了保護自己，不讓烈日煎曬，不讓寒風侵襲，最初我們是被逼的，後來習慣了，最後反過來非穿不可了，就變成藝術，變成階級的標誌，變成圖騰。衣服終於佔領了所有文明人的身體。

斑豹、老虎，天生有美麗的毛皮，何需穿甚麼衣裳。但人就不同了，並不見得所有人的軀體都是美麗的，何況肉身隨着年齡會變得糊塗下塌，要隱惡揚善，不得不靠衣裝，再加上人喜歡炫耀、喜歡花俏，像孔雀。世界上這才有了那麼多的時裝。時裝的確有趣，每年那麼多時裝展，可以當畫展和建築展看，只不過走動的不是觀眾。優質的時裝展真的矚目，像近年的夏灣那展，一頂草帽也可以戴得有聲有色，下次戴巴拿馬草帽就該把帽子的兩邊向上摺一條線，遠遠看過去，帽子活像一艘遊艇，揚帆出海了。

那麼，時裝對不關心衣飾打扮者有沒有幫助呢？有的，近年冬天很冷，時裝界刮起一陣長裙風，裙內還穿着棉褲。啊，這正是給女性長者一個訊息，天氣寒冷，何不既穿長褲再穿長裙呢，我決定這樣做了。否則，我就穿幾條鐵皮鼓絨裙。

玩具店

買玩具，該到哪裏去找？就看想找的是哪一類的玩具了。摩登的玩具，當然去玩具店。我住九龍，自然去旺角。信和中心啦、兆萬啦、現時點啦，還有如今的朗豪坊啦。小朋友會去反斗城。我當然也逛玩具專門店，像「聰明仔」，因為那裏有出色的娃娃屋。其實，我的不少玩具都是來自童裝店。童裝店最多精緻的布娃，法國、德國和英國的都有。有一家還多東歐的作品，那店鋪忽然消失不知去向，一定被貴租迫害，使我非常懷念。常常上太子大廈找尋，雖然有三數新玩具店，就是沒有了半個人高的長臂猿和用羊毛氈織成的帶翼天使，我買過的一件卻送給教我縫布娃的老師了。

我買的玩具，會集中在娃娃屋和公仔上。娃娃屋需買家具。公仔則以布製為首選，最好可以動手參與完成。要 DIY 的玩具，有大量屬於手工藝書，這就不得不到書店去找了。英、美、日本都不少，後者尤其多布藝和羊毛的專書。

常逛書店，才發現書店不僅僅是賣書，還是玩具店。玩具位於童書部。好幾家中、外書店都有專門的童書部，每次進入，感到溫馨，八十歲也會回復八歲。小朋友的四周都是圖書，簡直坐擁書城。許多小朋友席地而坐，可躺可睡，靜靜看書，並不奔走喧鬧。另一旁，則是家長陪着子女一起翻書、講故事，看看一個個大男人溫柔地扮牛叫、扮豬唱歌，真是有趣。書店的童書部真像兒童圖書館，書任看，看完一本再換一本，不用買，也可以買，怎不虧本。我到童書部總會買到玩具，書店的玩具又和玩具店的不一樣。

葉壹堂結業後，我的確失去了一個找玩具的落腳點。且看我買過些甚麼還輪不到亮相的玩具：一本娃娃屋的書、一盒自己動手砌的硬紙板機械人、一盒打扮成馬戲班演員的曬衣夾、一個上發條啟動的運鵝姑娘、一個展示動畫原理的旋轉機、一個我非常喜歡的立體砌圖遊戲等等。當然我也在書店內買了和玩具有關的書本：如何砌樂高積木、如何摺二百隻紙飛機、一本如何用一頁紙摺一間房屋。有台灣朋友問我，你的玩具可真多啊，還以為你的專欄只玩一兩月，充其量三個月吧。他不知道，如果你保持八歲的心神，那麼沒有甚麼不是玩具。

一次在太子大廈商鋪頂層的書店買到一冊圖畫書，翻開來卻沒有文字故事，而是彩圖，撕了下來可以摺砌成立體的建築。那座房子名叫「巧克力工廠」，竟是我最初認識的 Roald Dahl。我非常喜歡那座古怪的工廠，滿身是喉管，屋頂上又多煙囪，又有喉管連接到旁邊的廠房。那件玩具如今找不到，跑遍書店也買不到另一本，希望出版社會再版吧。

許多玩具，都從故事、童話、漫畫、電影而來，而且歷久不衰。許多玩具甚至不用花錢買，像公仔紙，是隨香煙、火柴的附送品。今天在報攤買雜誌，因為過年過節，雜誌附送《星球大戰》日曆紙，另一本則送 Miffy 公仔立體砌圖。玩具無處不在。八歲的人，要他承擔勞什子的社會責任，太早了，學校還要他考這樣那樣的試；八十歲，又未免太遲，或者好歹已承擔過了。做人做事，應該恰如其分。如果有人問：明天世界末日，你會做甚麼？借伏爾泰《老實人》的結尾，稍改一下，這樣答：我繼續玩我玩具。

時裝

為甚麼世界上會有洋娃娃呢？那就是世界上有女人的緣故了。千萬別把洋娃娃和布公仔混為一談，雖然，兩者都和女人有關。先說布公仔，它們的出現是因為女人當上了母親。小孩喜歡玩具，尤其喜歡小動物，於是玩具由商人製造出來，就是小白兔、小花貓、汪汪狗和泰迪熊那些。玩具得付錢買，付不起錢的主婦只好自己做，一般的鄉下，也根本沒有玩具店。母親們會用布頭布尾自己縫製布公仔給小女孩；至於小男孩，就用泥塑個小豬算數。所以，布公仔大抵都不是精美的工藝，但拼拼湊湊，同樣有板有眼，小朋友還是愛不釋手，永不遺忘。我母親精於編織毛線、縫紉，她做了許多毛衣、布裙、帽子，還穿上漂亮的珠子，卻從沒縫過一個布公仔給我，只能在舊照片中看到自己穿上她手織的西式連衣裙，起荷葉邊，一層層蕩漾的波浪和通透的花紋，讓我感到我就是她心目中打扮的布公仔。

洋娃娃和布公仔來自不同的物料、不同的因由。洋娃娃是由木架開始，發展為塑膠，用真人的頭髮，眼睛是玻璃珠，衣着華麗，並且價值大多昂貴。為甚麼這樣？因為洋娃娃是為時裝而誕生，和服飾的潮流息息相關。以十八、九世紀為例，自工業革命開始，英國的紡織業蓬勃發展，家庭主婦不但要為家居的房間換上新潮的牆紙和窗簾，還得為自己打扮得蝴蝶一般。法國的宮廷和上流社會當然是時裝的中心。那時可沒有時裝秀，追逐潮流的女子有甚麼辦法知道最新的打扮如何，衣衫是長是短、是闊是窄邊？商人最聰明，立刻製造時裝娃娃，個個穿上最流行的衣飾，所以，法國的時裝娃娃如 Jumeau 最搶手，不但法國名媛人手一個，遠到英國、荷蘭、德國也有時裝娃娃名廠了。買這些娃娃，其實是買資訊。娃娃的服裝高度仿真，女子要縫新衣就要帶了娃娃上裁縫店去依樣葫蘆。法國大革命時，《雙城記》中可沒有提到時裝娃娃的缺席如何令英國的高額女子傷心，她們得悄悄打探被偷運的娃娃何時可以運到。時裝娃娃從來不是玩具，她們是閨秀們化妝台上的擺設。漸漸地，終於飛入尋常百姓家了。

如今的時裝設計師還和娃娃打交道嗎？很少見了。偶然也見過一二，而且設計的竟是布公仔。我收藏了一套，是法國 Lanvin 設計的童裝版。娃娃本身是薑餅人式製法，前後兩幅布縫合，原身出手腳，省去關節。身體採用米色粗布，衣服有紅、藍、黑白和米色連衣裙，縫法精簡，布邊散口，飾帶用織片，娃娃穿三角內褲。耳朵和項鍊用珠子花鈕。臉容全以彩線縫繡，釘閃片，非常亮麗。娃娃繡出手指和指甲，鞋上也繡閃片，因為用了閃片，兒童不宜，既非玩具，是兒童的時裝娃娃？原來是為愛滋病患者慈善籌款的作品，由非洲 Swaziland 婦女縫製。從悠長的歷史看，我們其實都穿時裝，只不過時裝有時，而時間太短，朝生夕滅，亮一下相，就送進故衣櫃裏，愈漂亮，愈不再見光，因為某某名門外秀穿過。所以既要講究自己穿甚麼，得同時也要留神對手穿甚麼。冬天未來，秋裝已經見捐了，也不要難過，大概也沒有人真的難過，反正會以同樣短暫的時間借屍還魂。

渡鴉

相對荷蘭來說，我對芬蘭的認識可說甚少。荷蘭，我到過許多次，例如阿姆斯特丹、海牙、烏特列冶、鹿特丹，知道那裏的博物館有倫布朗、梵高、維米爾、魏拉斯基，那裏有運河、青瓷、黑白乳牛、鬱金香等等。那麼芬蘭呢，啊啊，這個地方嘛，在歐洲之北，很冷的，有位建築師，叫阿圖（Alvar Aalto），還有另一位建築師同時設計椅子的沙里寧（Eero Saarinen）。所以買到一盒砌圖，見到芬蘭製造的字樣，立刻肅然起敬，因為砌圖的設計並非等閒。老實說，砌圖玩具我並不陌生，二維三維都砌過，沒甚麼特別，可這次要砌的不是甚麼建築物，而是一棵樹。一棵光脱脱的樹，只有樹幹、密密的樹枝，一片葉子都沒有，卻要用一百多片碎片砌成，愈近樹梢愈是精細，枝幹重重疊疊，彷彿雕塑象牙球。樹的顏色有兩個選擇，一是黑色，一是米色，也是原木的，但樹頂的枝椏則全部粉紅色。因為設計得精巧，樹能穩穩站定，光脫脫的樹枝向天空散開，尤其是黑樹，在四周白濛濛的環境中，顯得無盡的冷冽荒涼，果然是一片北方雪國的景色。既然是粉紅色的樹，冬天還沒有來，要是冬天來了，春天還會遠嗎。

一棵孤零零的樹。整個系列可以隨意加添變化或強化景色。因為另有小動物可以選擇，放進畫面。我選了渡鴉，這些兇悍的禽鳥我在旅遊時在積雪的峰頂上邂逅過。牠們在高山瞭望台的欄杆列隊排立，斜眼眈眈看人，毫無懼色，忽然就從身邊掠過，吞下遊客拋出的食物。我在電視上看過這些極其聰明智慧的天行者，可以生活在苦寒的雪地，生存就是戰爭，兇狠是天然的本能，怎可把牠們看作異端。顯然，芬蘭設計的砌圖早就為一棵孤寂的樹預備了最匹配的同伴，小配件就是渡鴉，一包裏有三鳥兒，可選黑色或本色。既然我選了粉紅色的樹當然選黑色的渡鴉。有了渡鴉，一切都已完成。每隻渡鴉由四片木料砌成。

忽然記起來了，看過一本芬蘭作者的小說，那是亞托·帕西里納的《遇到野兔的那一年》。說的是一名記者和一名攝影師坐車回報館，路上撞倒一隻野兔。野兔斷了腿，記者下車抱起兔子，攝影師多番催促，竟自駕車走了。記者想到，自己雖有家室，但夫妻不和，家裏堆滿難看的飾物和小玩意；工作的地方呢，一群人只會炒作新聞、罔顧公義。於是，他決定不回去了，帶着野兔一起去流浪，一路替牠療傷。這是一個人在中年危機裏的「再生」，決心重新追尋另一種生活。小說到此的確讓讀者感動。在流浪途中，他的糧食被一隻聰明的渡鴉三番四次偷走，他於是設計把罐蓋十字形切開，把裂開的鐵片朝內彎。渡鴉的頭伸入鐵罐後再拔不出來，哀鳴淒厲，帶着鐵罐在樹枝上盲目亂飛，愈掙扎傷口愈深。牠的雛鳥再也見不到親鳥回巢了。愛護野兔的人居然會說渡鴉流的血比罐頭的肉還要多。在戰鬥裏，你可以把敵人殺死，但不能虐囚，不要以為這是值得誇誇其談的事。我把小說扔掉了。

草帽與衣裙

有朋友問，在紀錄片中戴了頂紅色的草帽，是不是導演的選擇？哪裏是，整部片的拍攝過程中，導演甚麼也沒和我說；既不知道會去哪裏，會拍甚麼。只有一次，助理走來告訴我，第一次上鏡時穿甚麼衣服，以後每次出鏡，就穿同樣的衣服，因為要連鏡。所以，每次出外拍攝時，我就穿同樣的衣服，並且戴帽。第一次正式拍外景出門時，才知道到郊外去，既是炎炎夏日，又是我從來不會去的郊野，我順手帶了頂帽子。我只有一頂草帽，是紅色的，沒得選擇。我所以買了一頂草帽，完全沒因為它是帽子，而是因為它的名字：巴拿馬。對於我來說，「巴拿馬草帽」是一件玩具。有一陣子，埋頭埋腦讀拉丁美洲的小說，彷彿中了拉美毒，凡是和秘魯、哥倫比亞、阿根廷有關的事物都覺得親切。那時，海運大廈二樓售賣運動服裝的走廊店鋪出現了一間只有一扇單門寬闊的狹窄小店，賣的是帽子，一座支形帽架展出彩虹般的十多款男女草帽。本來，賣帽子並沒有甚麼特別，但我卻被自稱是「巴拿馬」的名字吸引住了。草帽，我知道有著名的墨西哥草帽，可以把整個人罩在帽下完全把直射的陽光阻擋在身外。另外著名的草帽，當然是巴拿馬草帽。這種有名有姓的帽子的確和巴拿馬有關。

一九〇六年，美國總統羅斯福去參觀巴拿馬運河時，戴了一頂草帽，當時相片登在全世界的報刊上，草帽就被稱為巴拿馬草帽了。其實，帽子本身卻是厄瓜多爾的傳統手工藝，如今成為設計師的寵兒，戶外活動常常見到它們的蹤影。早一陣在古巴舉行的一場時裝秀，我認為最出鋒頭的展品並非衣裙和配飾，而是巴拿馬草帽的戴法：帽沿兩側向上捲去，帽子幻化成一艘船艇，和古巴的海岸線融為一體。

Toquilla palm 在厄瓜多爾西岸人跡罕至的地方生長，採摘後用手將莖撕成幼條，用熱水煮過。晾乾時葉子會捲曲成為可織的纖維。編織時必須不時保持濕潤。一頂帽需數小時或數月完成，得看纖維的質地。最好的質料 Montecristi 只能在清晨空氣涼爽時編織，以免纖維折斷。巴拿馬草帽種類頗多，有男裝、女裝、古典、希皮裝、黑雪、西部牛仔型等。電影中戴帽者同時咬一枚雪茄最酷，烈日當頭也披一幅氈。

又有朋友說，在紀錄片中，我穿了一件衣裙。不是的。如今，我根本沒有連身的衣裙，連半腰裙一條也沒有。許多年來，我只有兩種單品衣服，襯衫和長褲。在紀錄片中我也只穿了一件襯衫和一條長褲而已。為甚麼朋友說我穿了衣裙呢，大概是那件襯衫長了點，看起來像連身的衣裙了。的確有這種美麗的誤會。還是解釋一下。那其實是件男裝襯衫。偶然經過店鋪，櫥窗內掛了減價貨品，一件小圓領的棉布襯衫，令我非常雀躍，因為它充滿了中東的韻味，就像印度的男裝，又如油國王子飄逸的長衣。為甚麼中東的王子比歐洲那些王子出落得更瀟灑自然呢，就是服裝的魅力了。你看歐洲的王子，又是緊身的反領襯衫，又是領帶，又是三件頭的背心、西褲、外套三件頭，然後又是腰帶、又是袋巾，然後是厚襪、革履，簡直是一團裹蒸粽。可你看中東的王子們，一件小圓領的及踝長衣，罩在寬闊的長褲外，一身細棉布在風中帶起漣漪，加上一幅可束在腦後又可垂在額旁的頭巾，豈不風度翩翩。阿拉伯的羅倫斯脫去英裝，就扮得七八分似。風度是風度，風度不是人人有，可穿得舒適簡單卻可以做到。於是我進店買了那件男裝襯衫，回家改短了袖子，穿上身，剛好及膝，成為他人眼中的「衣裙」。

雞啄米

誰沒有玩過「雞啄米」，它可是著名的經典玩具。鐵皮裹身，露出一對腳爪，不停低頭啄食。當時一般的玩具不外可以砌成屋子的積木、布娃娃、泥老虎等等，但吃米的小雞會走動、會啄米，完全是個「動物」。當然，會動是因為有了發條的推動。我甚麼時候見到這玩具，已經無可稽考了，大概十歲以下吧。它很堅固，可以玩很多年，簡直天長地久，動物雖然單調，可很耐勞，即使從桌上掉下「碰」的大叫，拾起來依然不停啄米。把它扔在甚麼地方忘了，甚至過了幾年翻出來，仍舊會動，沒有生鏽，真是難得。如今坊間見到它的出現，模樣依舊，包裝不變，只見紙盒上「雞啄米」三個中文字，另附一行英文説這不是玩具，十四歲以下不宜。有趣，過了十四歲才玩雞啄米，不是傻瓜就是天才。如今的玩具，都要保留包裝紙盒，要原封不動，我還是趕緊把小雞放回盒裏，好好收藏，以免氧化。

第二件鐵皮玩具不是小雞，而是母雞和鵝。這次出場的有人物，大概是農場的胖姑娘帶了動物上市場去。只見她左手抱起肥母雞，右手挽着有輪子的草籃，內載許多鵝同行，鵝也真乖。我以前沒見過這模樣的鐵皮人，卻見過不少機械人和馬戲班小丑。看來，上市場的姑娘是俄羅斯人。她的雙腳可以向前移動，一步一步走，母雞也因為手臂的揮動而前後盪起鞦韆來。當然它也由發條推動。

這兩件玩具都是中國製造。最早的發條玩具應該是德國首創，意念來自十八世紀的發條鐘錶。一九二〇年代來到中國，最初的產品就是「雞啄米」，據說曾流行一時，如今反而見不到了，只有一些簡單的小物，盒上寫着這不是玩具，只供收藏。因此，本來便宜、平民化的玩具忽然身價不菲起來，真正的玩家，只好歎倒霉。當然，法國、美國也有鐵皮玩具，市面上不多見罷了，最近看見一個鐵皮鳥巢，做成箱子模樣，內藏一鳥，只要用力上緊箱外的發條，再一鬆手，一個鳥頭就會從樹的圓洞中伸出，啄食飼料槽中的食物。食物是甚麼？這需要小朋友合作，先把錢幣插在飼料槽中，鳥嘴一開一合就把錢幣銜住，帶回洞中。可別問我，這鳥要錢幣做甚麼。就當樹木似的箱子是一個積蓄的錢箱吧。意念不錯，但機件嫌不夠暢順，變得阻滯頻頻，不好玩。這玩具由印度出品，出品者和設計者往往不是同一組人，也不知是哪一方的功勞、哪一方的錯失了。

別以為印度出產的鐵皮娃娃一定很土，最近我才碰見一個而有點吃驚，以為是法國的手藝。看看那位騎車的姑娘多麼潮型，一身打扮，乾淨俐落，英氣逼人，活像賽車手。鐵皮人物多數模樣呆板、手腳硬拙，可這位姑娘令人改觀，緊身衣褲，色彩明麗，尤其是那頭短髮，被風吹得飛揚，充滿動感，煞是好看。

熊蟲

原來世界上有一種動物叫熊蟲。很小很小的動物，比毛蟲還要小，比螞蟻還要小，小得用肉眼根本看不見，所以被叫做蟲；形狀嘛，有點像蝦，但沒有觸鬚；有點像毛蟲，但沒有那麼多腳，卻像極了北極熊。既然如此，又那麼小，只有一毫米長，所以被叫做熊蟲。熊蟲是中文的叫法，英文稱為水熊（water bear），因為牠是生活在水中的。

熊蟲是一種古生物，存活在世上許多許多世紀了，一直不為人注意，直到一七七三年，德國教會的 Goeze 翻譯了一本瑞士博物學家 Bonnet 的著作《昆蟲學》，並加入自己觀察的結果，才首次留下記載熊蟲的文獻，並將這種動物命名為「小小的水熊」（Kleiner Wasserbar）。從此，就有人研究熊蟲了。日本熊蟲專家鈴木忠把自己飼養熊蟲的記錄和資料寫成一本書，去年譯成中文，讓我們可以認識這麼奇異而有趣的生物。

先敘述一下熊蟲在動物分類學上的地位吧。熊蟲中有一種叫小斑熊蟲。我們人類在動物界的地位是脊索動物門，哺乳綱，靈長目，人科，人屬，智人；一隻小斑熊蟲呢，屬於緩步動物門，真緩步綱，近爪目，小斑熊蟲科，小斑熊蟲屬，小斑熊蟲。

小小的熊蟲居然可以成為一個獨立的「門」，真是來頭不小，這是因為熊蟲的身體結構與其他動物有很大的差異。熊蟲的頭部可分為五個體節，腹部有神經系統，四對附肢沒有關節，但附肢末端有爪狀或吸盤狀的「手指」。牠們當然不是昆蟲。緩步動物門內又分別有異緩步綱、真緩步綱、中緩步綱，其中有些體表長有各式各樣的刺毛或突粒，大都生活在海中。陸地上的同類，身上都有鎧甲般堅固的裝甲，但全部走路極緩極慢。

鈴木忠飼養過熊蟲，才知道這麼小小的蟲，有許多特異功能。牠們通體透明，在水中緩步行走，只見一點白色，身體柔軟又有彈性，透出一條綠色的腸子，彷彿一隻小白熊正在吸食青草汁。牠們大多依附水中的苔蘚葉底生活，四周有許多大小相近的單細胞原生動物，全身滿佈纖毛，迅速地游來游去，而熊蟲則悠哉悠哉，伸出附足和細爪一步步慢慢走。如果被放入培養皿中，牠們會在玻璃上滑倒，嘴巴貼地倒栽，直立着，無法翻身。所以，培養皿中要鋪一層薄薄的瓊脂。

鈴木忠為了飼養熊蟲，先找尋有關的資料研究，然後正式開始，用解剖顯微鏡觀看浸過水的青苔，見到形形式式的生物浮了出來，果然見到了三種形態的熊蟲，牠們的身邊有線蟲和輪蟲，那可能是牠們的食物了。於是在培養皿中放入線蟲，哪知小斑熊蟲居然給線蟲追殺得四處逃竄。結果改為放入輪蟲，果然，熊蟲一口把輪蟲吞食了。從此，鈴木忠就專心培養輪蟲，用來餵飼熊蟲。別看牠身體小小，胃口可不小，十五分鐘內就吃掉了十七隻輪蟲。如果沒東西吃，牠們會掛掉。

透明的熊蟲，可以看到牠們體內的活動。牠們的一顆大便，有身軀二分一體積。而且雌雄同體，一般每次產卵三至四粒，如果糧食豐足，身體健康，可產卵十五粒，全部包在皮殼內，稍大了就衝出皮層生長。熊蟲一生會蛻皮三次，每次需時兩天，蜕皮從口部開始，如果不能蜕掉皮出來，同樣會掛掉生命。

其實，熊蟲的生命力極強，壽命也極長，只是不能沒水。當青苔乾燥失水時，牠們會附在培養皿的邊緣進行「乾眠」，不吃不動，沉沉睡去，就等水來。一有水，牠們就翻身醒來。眠期會多長？可以是六十年。真稱得上地表上最好睡的生靈，令許多失眠的人類羨慕，並且產生不死的傳說。生物學家正在研究牠們何以能乾眠那麼久，人類是否能夠借鑒。熊蟲在乾燥環境下會縮起附肢，整體變成被曬過一樣，又乾又硬，像橡木酒桶，可這酒桶非常厲害，在液態空氣、液態氮、極端的溫度變化、高壓環境，以及強烈紫外線的照射下，都不會死亡。當然，要是環境變乾，五行欠水，又來不及變身酒桶狀，會直接變乾屍；威脅生命的，還有找不到食物，或者散步時遇上沸水。

酒桶內藏了甚麼令熊蟲擁有隱生術？生物學家找到的是海藻糖，也就是昆蟲的血糖（人類的則是葡萄糖），真是奇異的潛行生命。書後有教人如何飼養熊蟲。北極熊滅絕後，要保護熊蟲的話，最好是不要干擾牠們。

潮衣

想說的有幾件事。第一件，是報紙。不知道為甚麼許多人都不看報紙了。連在大學讀書的年輕人都說不買報紙，光看手機、上網。屏報和紙報顯然是不同的，因為觀看的心態和方式不同，看電影電視等屏幕，百多年來，觀眾已被養成了速讀的習慣；紙報的新聞，我們也大多只看標題，不過內容總會多瞄一兩眼，留連一下。看屏幕，則是慣性收視，不斷快速的掃。至於深度的長篇評論，除非對內容有興趣，否則不看。生活緊張，我們的閱讀早已變得短小輕薄，屏幕給我們更多的資訊，但也意味更速食、更短小輕薄。

而且，老看屏幕，極傷視力。我是老派人，擁護報紙，天天買兩份，還買一些周刊和其他的月刊和雜誌。紙媒艱難，看不了，也聊表支持。紙媒是立體的，有手感，可以收藏，好文章要慢讀，好圖片要剪存，偶然重溫，覺得很快樂。報紙和周刊，常常給我驚異，不時會有贈品，忽然是一本彩色精印的畫刊，忽然是可以動手做的紙品玩具，這就是我要說的第二件事。

對我來說，世上萬物無不可以以玩具視之，只是層次不同，有積極和消極的分別。當然，價值也存異。世上更多價值不菲的玩具，沒有能力擁有，也不敢擁有，卻難免歡喜之心。譬如名畫、名建築就是。譬如汽車、手錶，真是漂亮非凡，日新月異。上述皆是宜望不宜即的大玩具。報紙給我的驚喜常常是意外的，忽然就有一份畫刊夾在紙頁中出現眼前，那些手錶多美麗哪，層層的齒輪相扣，星星月亮在玻璃底下升降，又有甚麼陀飛輪，錶面上的羅馬數字4是最古老的皿，活像希臘神殿的列柱。雖然是廣告，但廣告又有何不對，廣告就要展示物品的優點，帶出科技的進展，只有劣等的廣告才不知所云，尤其是政治上的才令人反感。那麼，報紙在每年春、秋兩季附送的時裝專刊又怎能錯失呢。

報紙又送時裝畫刊了，春裝剛上市，秋冬時裝秀已上了畫刊。我連忙剪下報頭到圓圈K去換畫刊，我是早鳥得食，換得畫刊回家一面吃麥片早餐一面翻揭。為甚麼這麼關心每季的時裝？我又不買時裝，既沒那個消費能力，也沒那麼 carry 的身段。這就牽涉到我要說的第三件事了。

我有一些玩具，其中有洋娃娃，又有西洋娃娃和東洋娃娃，東洋娃娃其中又有一些大眼娃娃。我要說的就是大眼娃娃。最初，市面上出現一批大頭大眼的七、八吋高的塑膠娃，看來有點可怕，身首不合比例，眼睛還會轉換四種不同的顏色。後來，看看也慣了，覺得非但不可怕，竟可愛起來。商家每月出一個新娃，我觀察了一陣，才開始買第一個，已經是整個系列的第十一名。大眼娃的特色是每個雖然一樣，衣飾完全不同，不但推出娃娃本身，還推出一連串的服裝和飾物，可真是一個多夢寬闊的領域。我每月收集一個娃，全盛時期擁有兩打；有一陣還跑到日本去觀看。忽然不再繼續，因為發現娃娃的眼睛變了。本來啦，娃娃的眼睛是正視，即向前看，很純真的模樣，後來眼睛變為斜視，黑珠全移到眼角去。娃娃變得妖裏妖氣，好像心術不正。如今我把斜眼怪放棄，留下正視的娃娃。為甚麼我會注意時裝秀呢？就是為了替娃娃們縫新衣啦。

二〇一七年的秋冬季，有甚麼新設計？我個人的感覺認為最有趣的設計屬於川久保玲。那是雕塑，又是建築；既是雲朵，也是星塵；非幾何，亦非代數，煞是另類。Comme des Garçons像那些男生，這次最適合我的退潮娃娃穿上漲潮衣服。當然，一定要穿波鞋，頭上頂鬆鬆散散的毛絮。玩具的魅力，實在沒法擋。

多作無益之事，得遣有涯之生。

積木

抽屜裏有一堆積木，所以塞在抽屜裏，而不是放進櫥裏，因為都是拆開後沒完成的玩具。大概有十多盒吧，既有木條形，又有木片加繩索形，都是「動腦筋」的設計，必須把配件拆開，然後再組合才算完成。我試過了，把作品放在手心，左旋右轉，這裏拉了拉，那端扯扯，半天下來，毫無動靜，我倒勞動了不少，一支木條也拆不出來，更別說重組了。所以，這批玩具就被塞進抽屜的冷宮。也試過翻出來再試，不行，只好算數。見過小朋友玩魔方，花花綠綠的六面體混色彩格，幾分鐘就排成整整齊齊的六面淨色的立方體，只能自認愚蠢。人蠢，要等醫藥改進。

有一天逛店，居然見到一盒砌木條的玩具，正是那種把七、八條小木拆開又重組的立方體，這本來沒甚麼奇怪，可特別的是盒中有拆解的詳細指示，而且圖文並茂。這就不簡單了。當然興高采烈買回家。果然，說明書把每一條木片都編上數目，從A排到L，並以顏色標明：藍、紅、灰、啡、紫、藍、紫、粉紅、橙、綠、紫、黃，十二種顏色順序排好，每一木片，正面和側面又以深色和淺色分別，清清楚楚。當然，木片身上都有凹穴，有的一個，有的兩個，有的闊，有的窄，如此一來，連弱視者用手也能砌成了。

我照着圖畫跟着步驟，小心砌，跟着顏色、形狀、方向、旋轉、插入、移動等等共十三個步序，完成了。我很喜歡這盒玩具，設計者就像一位朋友，或者師長，循循善誘，讓你明白玩具的奧秘。除了圖解之外，每一步驟，還有文字說明和提點，這麼照顧不聰明的人的玩具設計真是少見。奇怪，這位設計者居然還想幫助買玩具的人，在盒內附的指南小冊子，還列了三十個動腦筋的IQ遊戲，讓大小朋友去解答，例如問題一：我的頭上和腳下都是洞，我身體的左邊和右邊都是洞，可我卻可以盛水。我是甚麼東西呢？答案是海綿。

另一個問題是：把我放在角落，我卻能環遊世界，我是甚麼呢？答案是郵票。再說一個：有一個人到城裏去，在路上迎面碰到一個人有七個妻子，每個妻子攜帶七個袋，每個袋內有七隻貓，每隻貓有七隻小貓。問題是：人呀、妻子呀、袋子呀、大貓和小貓呀，共多少人和物到城裏去呀？這樣的題目如今是難不倒小朋友的，因為他們呢，早已見識過大量這類難題了，他們會答，就是一個人到城裏囉，因為迎面來的人和袋子、大貓、小貓，都是到鄉下去的。這不是唯一的答案，卻是聰明仔的答案。如今的小朋友，平日受到許多操練，都考過TSA，或者將會考BAC之類，上述的題目，真是小菜一碟。

還是回到砌積木的遊戲上來吧。我是不是學會了拆解和重組積木，把抽屜裏那堆玩具取出來成功戰勝了呢？沒有。那些積木的組裝個個不同，我又沒有學而時習之，因此，雖然盒子上有星的數目標示難易，像香港公開的考試，只是沒有奇怪的五星星。我連最容易的一顆星也對付不了。七十年前，對這些一時間解決不了的玩具，我會想，好啊，五年後，最多十年，我再把你們逐一解決。如今，我也只能這樣想。

露西

有一次，非洲烏干達的小朋友到香港來表演，他們都穿着民族服裝，在舞台上唱歌舞蹈，年紀小小，身手已經不凡，非洲音樂的節奏又特別強勁，幾個小時下來，台上台下打成一片，竟然沒有人覺得累。休息的時候，小朋友都到場外的走廊和大堂與大家見面，和大家一起拍照。見面時，雙方只是握手和微笑，不知該如何溝通，幸而我帶了些自製的毛熊，都送了給他們。非洲有毛熊麼？他們認識的動物當然比我多。

表演團還帶來了不少國內特產，有珠串、手鍊、布袋等等，其中竟有我夢寐以求的布公仔。我從沒去過非洲尼羅河上游，一直想去埃塞俄比亞、津巴布韋、納比利亞、剛果，也掛念那裏的野生動物。但我不敢冒險，因為我對許多藥物敏感，到非洲去，就得面對一隊防疫大軍。我也不能坐長途的飛機。然而，我是幸運的，非洲布公仔來到我面前了。我擠到一堆人的面前，伸手抓了兩個公仔，又選了一個布袋，凱旋回家。

如果要分類，洋娃娃大概可分為兩類，一種是工廠的出品，有模具，可大量生產，例如塑膠、陶瓷等由半機器半人手製成，有人設計，有人監工，許多人參與的行業；另一種是家庭式的，尤其是農村或小鎮，大多由母親把碎布做個玩具給孩子，可以是歪臉斜眼、衣衫釘釘補補，卻是一針一線親手縫製，比起商店中的玩具更特別，因為獨一無二，不完美，但有人氣。我就喜歡這種鄉土味。全世界有多少國家就有多少種不同的布娃，當然，其中有些也變成著名的品牌了。日本布公仔最受歡迎的是穿衣藝妓，工藝之精不在公仔而在和服。但一般的布公仔當然都很出色，我最喜歡鈴木治子的作品，雖到過日本，卻不知道到哪裏可買到。美國的布公仔以 Ann 與 Andy 一對公仔較著名。我在商場見到一對，是手藝班的廣告。我問可以學做這對公仔麼？回答是可以，不過要先學初級、中級和高級三班，畢業作才輪到它們。我居然同意；一年後，成功畢業還可獲證書。記得學習時，每級功課都是學做三個布娃，到中級時，我把做好的三個布娃送給開玩具店的朋友，回家時接到朋友電話說，三個布娃已一起賣掉了，收一千元。

回家才把非洲布娃從布袋中取出，一個男一個女，原來還有小人，由母親背着。家裏有幾件非洲雕刻；朋友從非洲回來，也給我帶回整個行李的木刻。都是黑色的，那三個布娃卻用了磚紅色布料，身高一呎，體格健碩，除了要縫主線外，其他步驟都由手製；公仔都很結實，有重量，不像如今的毛公仔，又輕又軟，像棉花糖。布公仔還是紮實點好，因為小朋友會把公仔扔來扔去，又把公仔在地面拖着走。凡兒童玩具，首先要注意安全，凡有小物如鈕扣珠片等一概三歲以下不宜。玩具，只有下限，並無上限。非洲布娃娃沒有犯規，眼睛一律用線繡上，頭髮貼額或梳髻，簡單清爽。小孩包尿布，大人穿豹紋衣、褲，女子穿非洲獨門大花圖案鮮艷長裙，美麗可愛，該給她起個甚麼名字才好？甚麼，露西？

罐與罐頭

罐和罐頭，是不同的事物。當我說罐，那是指鐵罐；當我說罐頭，那是罐內有內容的物體。罐可以是中空的無物者，罐頭則有物在罐內。對於罐與罐頭的分別，我的看法如上，不知對不對。常常看王安憶的小說，她會寫「聽頭」，就是指罐頭。罐頭的罐是tin，變成聽，那是滬語。她是上海人，上海話我懂。我們用粵語說罐，是形聲字，因為左邊的缶是容器，也可作樂器，其實也可稱罐。右邊的雚則是聲符。朋友告訴我，懂得一點中國文字的構造，九成以上是形聲字，那麼要是記不起某某字怎麼寫，就從聲符入手，試試它接近的讀音，例如罐頭的雚，再想想它的旁邊，屬於哪一種類呢，是容器啊，靈感往往就來了。當然，要是你根本不懂這個字，那是沒辦法的事。

常見的罐，大多是鐵皮做的，是很好的容器，所以，長輩無不把餅乾罐、月餅罐、糖果罐當寶貝，用以儲存雜物，包括銀幣、照片、文件等等，可以防潮，本身又結實，可用許多年。如今的罐，成為罐頭後，卻用後即棄，真是太浪費了。超市裏的罐頭沙甸魚、罐頭午餐肉，還有榨菜肉絲、五香肉丁，琳瑯滿目，但用後誰還會留下來呢？

應該買鋁罐汽水、玻璃瓶汽水，還是膠瓶汽水？哪一種更環保？我幸好不必為此感到困惑，因為我已經不喝汽水了。汽水不喝，餅乾仍吃，餅乾罐我留下了，因為罐上繪了泰迪熊。見到好看的小罐，我仍會買，也存了一些。小罐有甚麼用？小罐可存小物，還是讓大家看看。有些罐畫上有趣的圖畫，我就存放了LEGO的怪獸，或者小書本；有些小罐，原來是小屋子，可以打開，不必存物，因為罐內就是屋子的室內，家具一應齊全。莫奈農舍空間稍闊，放滿一套多姿多采的少數民族美女，還容得下泥魚、泥老虎。

最近一位朋友相約午餐。他和薯片叔叔很相似，長着同樣的鬍子，生活得非常中產階級，偶然看法國電影，周末打高而富。我們坐在很中產階級的酒店餐廳午餐，中、西餐點一起吃。鬍子朋友送我兩袋食物，一袋是罐餅乾，另一袋是麥片。他指着麥片說，這個品種的麥片很好，但一定要煮，不要即沖。我回家立刻照辦，我每天早上吃麥片，因為懶惰，總是選即沖。吃了許多年。原來煮的麥片完全有不同的感覺。即沖的麥片，就是一碗，裏面浮些麥片；煮的呢，變成漿糊似的，水和麥片打成一片，碗面上還浮起一層膜。這層膜，厚厚的，熱熱的，我忽然想起童年時因戰亂而到蘭溪姑母的鄉下避難的生活。每天早餐吃的是白粥，熱粥打進一隻雞蛋，不久碗面就浮起一層厚厚的糊層，彷彿湖面結了冰似的。當然，湖面的冰我走過，黑龍江上的冰層又凍又硬，可以滑風帆，粥糊卻是又暖又軟的，伴着蠶豆、青瓜、銀魚，真是美食。煮過麥片，因為起了麥皮層，和豆漿的豆層相似，吃完還黏在嘴唇邊。即沖的麥片變成簡直如同嚼沙粒。

餅乾呢，是多類曲奇，又有不同的果仁夾心，正是我的一杯茶。餅乾不奇，奇的是盛餅乾的鐵罐，罐蓋正中畫了一個茶壺，壺肚子竟是透明的，看得見底下的餅乾。設計罐子的人真會折磨工匠，好端端一個罐蓋，畫上茶壺的圖畫就可以了，偏要開一個大洞，嵌一片玻璃。罐不是紙盒，是鐵皮。這樣的心思和功夫，怎麼不叫人佩服。所以，我又把罐子留下了。

嘉年華

這一組漂亮的小丑應該是威尼斯二月嘉年華的角色。奇怪，我並非在意大利見到它們，而是想也沒想到，竟在本地的國貨公司。那時候，國貨公司的確有許多有趣的玩具，甚麼風箏呀、泥人呀、瓷公仔呀、布老虎呀，不但品質優良，而且價錢便宜。現在的那些店，都變成了昂貴的珠寶玉石，天價的古董陶瓷，加上珍罕的藥材。那一陣，國貨公司的物價還是挺大眾化的。我看見貨架上的幾個好看的娃娃，本來，閃亮亮的東西往往是浮誇的多，但娃娃們卻打扮得非常妥當，特別的節日正該有特別的衣飾。貨架上的娃娃個個不同，並非是一套。原來還有不少，不同的分店有售。我先買了兩個，然後到五、六間分店去找，果然，每間店都有幾個，也是個個不同，還有五吋高的小丑，坐在藤椅裏。這麼多不同的娃娃，總不能都買回家，選來選去，選了六個我認為最漂亮的。很幸運，是我 affordable 的 luxury。

這組娃娃是瓷質，亮面，和啞光的瓷有別。即是說，燒過三次的瓷，再也不必動手畫上眉毛、眼睛等面容。而且，頭髮、指甲油、高跟鞋也早已在最後一次入窯前畫上。所謂的瓷公仔，其實是三種瓷土製成品的總稱，其中的兩種都是素瓷 bisque，包括着色和不着色，顏色是燒成後才畫或不畫眼睛和嘴唇；另一種就是真正的瓷公仔，有光澤。為甚麼會分素瓷和亮瓷？那是瓷土的緣故。漂亮的瓷器要有漂亮的瓷土。這種瓷土可以通過一千三百度以上的高溫才及格。中國瓷器那麼著名，就因為我們有最漂亮的瓷土。一般的瓷土，只能燒出素瓷來，因為受不了高溫，燒出來的東西易脆裂，不然怎麼叫 bisque？因為指它和餅乾（biscuit）一樣脆。

從表面看，瓷娃娃好像從頭到腳都是瓷質，其實不是，瓷土很珍貴，而且，用在身體被衣服掩蔽的位置，不但難以彎曲，而且浪費。所以，顯露的部分才是亮瓷，身體和手臂、大腿的部分都是布質，連接的方法也是用線和孔洞的駁接，很經典的處理法，比「曬衣夾」先進。穿金色連衣褲娃娃的闊褲翻起來，就能明瞭關節如何構成。

六個娃娃，容貌並不相同，眼睛或綠或黃，甚至畫了小丑妝，加上淚滴。衣服方面，都穿上寬闊的燈籠褲和泡泡袖，有的衣褲相連，有的衣褲分體，上衣可以是外套，或套頭短衣或背心形，都以荷葉邊裝飾，件件不同。頭飾都用布包頭。一幅布包住了頭髮，布的兩端則結成不同的蝴蝶結，也可摺疊成飛機的波浪，簡直是頭巾藝術的示範。娃娃都穿不同顏色的高跟鞋，只有大家的手和手的姿態不變。其他如各式花邊、蕾絲、玉石、鈕扣、盤花、輕紗、通花滾條，衣服的布料、顏色搭配，裁剪，都一絲不苟，無懈可擊。所有的娃娃都一樣麼？不，有兩個並不一樣，因為他們的背後有發條，只要啟動，就會發出音樂，同時，娃娃的身體會左右搖動，向前鞠躬。穿三色彩衣的娃娃應該是最出眾的，看她的帽子，三角形，有三個彎角，角尖還掛着鈴鐺，當她搖晃，還有叮叮的聲音。

錫玩

安徒生寫過一個獨腳的小錫兵的童話，叫《堅定的錫兵》。那錫兵本來屬於一個二十五人組成的錫兵隊，但製造時由於錫料恰恰用完，所以最後的錫兵少了一條腿。在童話中，斷腿的錫兵愛上一個紙做的跳舞姑娘，但只能單戀她。後來，錫兵被小主人拋入壁爐，剛好一陣風吹過，把舞蹈姑娘也吹入火爐。

安徒生寫這個童話的時候，正是德國錫製玩具的巔峰期，又以紐倫堡的作品最著名，小城製的錫兵都按照「紐倫堡的規格」出品，大小統一為三厘米，錫兵是小玩物，做的方法是將錫倒入模件中鑄成，因為小，無法做得精緻，只靠鮮明的顏色和造型取勝。而且，也不是以一個個兵出售，而是一隊隊，好像整個軍營，有步兵、騎兵，分不同國籍，穿不同戰衣，場面非常壯觀，當然很受小朋友歡迎。

錫兵的原料是錫，即是 tin。在磁器面世之前，家家戶戶的碗碗碟碟都是錫器。自從磁器食具進入家庭，錫食具逐漸式微，聰明的工匠紛紛轉而開發另一個市場：玩具市場。除了製造玩具，還設計薄片的聖誕掛飾，發展了錫片剪影畫的作品。不過，錫是脆弱之物，顏色又易剝落，到了十八世紀後半期才出現不同的錫產品。

英國人在十八世紀後半期發明了壓延法，使加工與焊接更容易，這項技術是在低碳的薄鋼板上鍍一層錫，成為馬口鐵。馬口鐵是錫製的鐵皮，兩面鍍錫，防鏽、無毒，用作罐頭食品、飲料等包裝就最好了。然後，馬口鐵的玩具登上舞台，極受大小朋友歡迎，尤其德國精製的火車模型、汽車、鐵軌、飛機，除了小朋友，還吸引成年人收藏。至於翻筋斗的猴子、乘摩托車的騎士、拉小提琴的小丑等等能行走、會舞蹈的發條玩具，更是每家必備。而鐵皮玩具何以被稱為馬口鐵玩具，與馬有何關聯，與口又有何聯繫，就沒有人理會了。

如今的玩具世界，到處都是膠件，又或者電子，偶然遇上布偶、紙品、木料，至於錫，大概沒有了。馬口鐵呢？奇怪，早一陣在書店、文具店，以及博物館的禮品部竟見到一批新的鐵皮玩具，原來是懷舊的有心人製造的，既有古典的爬繩馬騮，又有發條閣閣青蛙、發條喔喔公雞，還有許多新舊模樣的機械人，機械人還會一面步行一面奏樂器。盒子上貼着說明：此產品不是玩具，只作成人懷舊收藏；請勿讓兒童玩耍。哎呀，竟有玩具叫不要讓兒童耍玩的奇聞。年紀老去，這方面原來也有好處，沒有人會叫小朋友不可買玩具給大朋友。

其實，在這新一批懷舊玩具推出之前，我已經見到一些懷舊鐵片發條玩具了，那時候也買了。我們喜歡的、念舊的好玩具還有不少遺珠，希望有心人加油。我還一直希望買到一個椰菜娃娃哩。

啊，我忽然明白了，為甚麼叫小朋友不要動這些玩具。我把這批懷舊玩具仔細觀看，終於發現問題，玩具當然做得不錯，可因為是由鐵片拼合，邊緣很鋒利，真的是 bleeding edge，產品太尖新了，把玩時可能要付出流血代價。於是想到我們先秦青銅時代的刀劍，是由銅加上錫融鑄，以銅為主，做脊，刺刃部分就用錫。難怪要加上刀劍套。

我也買過一盒鐵皮玩具，那是外國的產品，一盒給小朋友玩家家酒的茶具。玩家家酒的玩具，一般都以磁器為主，因為比較像真；其次才是木料，因為木不會打碎。但我買到的卻是古老的鐵片茶具，是 tin tea set，十分漂亮，共有四套杯碟，另有一壺、一糖罐、一奶罐，其中兩件有蓋。這套茶具不是喝茶用的，也不是用來喝咖啡，而是供喝巧克力，所以壺和杯子都是直身到底，像 mug 形，而茶壺、茶杯的底部則會向內彎。

好吧，還是來開巧克力茶會吧，我請來朋友送我的四位布偶，是從法國 Moulin Roty 乘巴士來的，我還請它們吃很特別的手工小蛋糕。我是否很懷舊，是的，有時是這樣的。

一吋半

有一些玩具，只有一吋半高，雖然個子小小，卻非常漂亮。麻雀小，但五臟全。它們是六幢小房子，都有兩層高、斜屋頂，還有煙囱。其中四幢，是商鋪，開門做生意。最矮那幢紅頂，似乎是住宅；下鋪上宅、商住合一，這是廣東騎樓式的典型建築。住宅旁邊的房子原來有三層樓，因為斜屋頂上開了一個窗，小窗也是斜屋頂。店鋪的名字就寫在兩層中間的橫樑上。字很小，不得不出動放大鏡。原來是間花店Fleur's，令人很好奇，不知道店主是法國人還是英國人。店鋪沒有花擺在門口，沒有霸佔行人路，還是大清早，還沒開市呢？不過二樓的窗口外，倒有一列花槽，栽些甚麼花，連放大鏡也無能為力，幫不上忙。花店是座窄房子，所以二樓只有兩個窗，樓下只是一扇門、一個圓拱頂的飾窗。旁邊那間店就不同了，房子闊了，共有三個窗，是很經典的六格窗。店面也寬些，門開在中間，兩邊的玻璃窗櫥，貨架上展示了新產品的色彩。店名遠遠可以看見，白底黑字 Family Grocer，家具雜貨，已經堆在門外兩邊。

黃色帶三角形屋頂的房子，上層閃閃亮，下層卻墨墨藍，兩個窗櫥像九宮格，不怎麼吸引人。樓上兩個窗子中間的牆上，有一幅磚板突了出來，難道像荷蘭的房子，樓上有吊架的設施，用來吊家具，從窗口搬進屋內，因為樓梯太狹窄了？不過，磚板上並沒有洞，只好存疑。不過店名清楚，是 Chemist。接着的一間房子，樓上有一條條直線，我猜這是表示房子用了木框技法建成，那是英國十六世紀的鄉村房子的建法，先用木材搭屋架，然後在木條間填上磚石。這種房子大多漂亮，木條露明，呈啡色，而填料表面鬆粉，一片白，即 timber-framed architecture，木構架結構。這是甚麼店？店名是 The Bath Bun，原來是珍奧斯汀在巴斯故居附近的一間餐廳，因奧斯汀曾在書信中提及它的小甜包而出名。

最後一幢房子比較特別的是它樓下的設計，綠色的門開在偏右的店面，剩下一個四方格大突窗，側面是二格玻璃側斜接嵌，這麼小的房子，還如此精細。和其他店面相同，店名也是凸字：Post Office。

房子令人驚訝，原來都可以打開，店名的串字都可以分拆可以重組，所有的窗子都漏空，店內二樓有壁爐，有床、椅、沙發，樓下就是櫃枱、貨架和貨物。門打開後，背面就看見櫥窗和門扇的凹凸細節。住宅那房子更神奇，連屋頂也可以打開，屋內還有樓梯，三個窗子都掛上粉紅色的窗簾，室內還有電視。房子小，但不輕，拿在手上重甸甸的，並非陶瓷，也不是鐵，非銅，非鉛，而是錫。錫玩具易受損，很脆，會掉色。記得安徒生的童話裏斷了腿的錫兵麼？瓷器之前，歐洲廚房裏掛滿牆的碟子，都是錫製的。自從塑膠面世，錫製的玩具幾乎不見了，也許，偶然可以在跳蚤市集上碰見一件，像我見到一件火車頭，全身通紅，露出殘敗的構件，但它乃顯出詳盡的細節，風采依舊，在眾多的玩具中，仍是鶴立雞群。

齒輪

不知甚麼人發明齒輪。最初的齒輪，應該是先出現弧形，再發展為圓輪，也就是車輪。有了車輪就有車子，由獨輪車到十二輪車，滿街行車。車輪是因為要滾動而變出來的。而齒輪呢，又從哪裏變出來，為了做甚麼工具變出來，其效用竟比圓輪還要多用途。譬如說，腳踏車吧，不是裝上兩個大大的車輪嗎？可是，有了車輪並不保證車子會滾動，還必須有一條齒輪才行。是齒輪更加重要？這又不對，光有齒輪沒有車輪，腳踏車也不會移動。呵，怎麼會不想起圖靈來呢，數學天才能記住第幾個齒輪出了毛病，到時候，車子就不再前行。車主當然應該把車子拿去修理，但數學家就是不做，天天騎車計算，等車子準分準秒宣佈停駛。他的腳踏車因此變成了他的玩具。

我喜歡齒輪，所以就不要奇怪我會變得離譜去買一塊木板，上面只有七個彩色的齒輪，唯一可觀的景象是齒輪可以轉動，齒輪的齒可以相互緊扣，推動整個結構，這一力量真不簡單，工業革命就是齒輪的功勞吧。模型店內有一盒盒砌車砌船砌飛機的模型，我瞄見盒內隱約有齒輪似的零件，選了一盒回家。選的是同一系列模型，屬於列奧納多．達文西的設計，其中不少是戰爭用的武器，我選的可好了，是個時鐘。打開盒子就是五片大大小小的齒輪，其中分為密齒輪三件，疏齒輪兩件，前者需互扣。依圖配砌，並不難。齒輪部分當然位於時鐘內部。外部呢，鐘面有羅馬數字，裝上時針。另外一個小鐘面標示分秒，中心是分針。列奧納多．達文西時代並沒有電，所以用鐘擺啟動。鐘擺原來不是如今小說中描寫的那類型，擺放在樓梯轉角，上層是鐘面，下層是鐘擺，像鞦韆般不停兩邊搖。列奧納多設計的鐘擺不是兩邊搖，而是上下搖，像升降機，用繩子吊着重碼，不停升降。這設計不用電，只靠重力啟動，也很好看。

的確可以把一幅齒輪相接的現象當圖畫看，有趣的是，定睛看久了，會覺得齒輪會動。一幅風景畫或人物畫是靜止的，是凝定的、平靜的。譬如說，一幅梵高的《黃屋》，他的臥室，只見床、椅子、窗和門，鏡子和玻璃瓶地板和牆上的畫。房間外面是甚麼？沒有人追究，因要畫的事物都已完成。另一幅畫，例如蒙特里安的百老匯，畫裏根本沒有高樓大廈，沒有超人，沒有蝙蝠俠，只有直與橫的顏色方塊。這畫該怎麼看？一位評說者認為，以前的畫都屬於定點透視，站在一個位置向前看，直至聚於終點而消失。蒙特里安的畫，四周都是平行線，可以永遠延伸，沒有終結。這正是伊斯蘭圖形的魅力所在，即使一幅小小的紋樣，可以向四周無限延伸，重複增生，永無止境。看看清真寺牆上的圖案，好像很複雜，其實像看萬花筒。

西洋鏡

也許，因為生長在大城市的緣故，童年時已經見到過一些新奇的東西，電梯、冰箱、旋轉門、電話、收音機、電影、外國的童話故事等等，所以，到了另一個城市，見到了同樣的事物，並無新鮮感，只有電影令我驚訝，因為演員都講廣東話。童年的城市，令我懷念的是商場裏的哈哈鏡和街頭的西洋鏡。我總是去照哈哈鏡，和許多在場的熟人和陌生人一起哈哈大笑。西洋鏡的流動攤子偶然也可見，是一個木架一個木箱，箱上有洞，付了錢才可探頭觀看，箱內有走馬燈似的景物畫、七彩的卡通動物跑來跑去，很短，但有趣。後來就不再見到了，大概都變了電影開場時的贈品。時代進步，香港的哈哈鏡更精彩，又多又怪，在科學館。當然，在城市長大也有缺陷，雖然上學讀書有課本，卻不知道生活的細節，例如西瓜並不長在樹上，馬匹喜歡在地上打滾，最喜歡吃胡蘿蔔，還有，薄荷糖。

凡是透過孔洞看卡通和圖畫，我都叫它西洋鏡，所以，旅行時見到了紙製的西洋鏡就不會錯過，尤其因為大多在博物館美術館見到，主題是名畫。名畫大都只有一幅，沒有左文右理，也就不會活動，成為卡通。不過，紙製西洋鏡的魅力恰恰就在會動，明明是一幅靜態的畫，會忽然走到自己的面前，而且景物都浮動起來。物品上都印有 3D 的字眼，早些年，根本不知道 3D 是甚麼。

3D 鏡的製作相當簡單，不過是一張稍硬的紙，摺成四方形，頭尾黏牢，像個扁平的長方形紙盒，朝前的窄邊開兩個相距約二吋距離的圓洞，兩洞中間開一個大一點的洞留給鼻子。圓洞對面的盒邊糊上兩幅一模一樣的圖畫。圓洞要加上凸透鏡片，這就完成了。為了容易攜帶，或當明信片般郵寄，3D 鏡可以摺成明信片大小，打開來才展成四方形，甚至六邊形。

我共有四個 3D 鏡，三個的設計相同，第一個的畫是布勒哲爾的《雪中獵人》，平時看這幅只見獵人和獵犬在雪地行走，前面是村舍和雪山。但從鏡眼看，使我這個畏高者吃了一驚，畫內前、中、遠層次分明，距離遙遠，農田廣闊，而我，和獵人一同站在懸岩上，房舍卻都在崖下的深谷中。第二幅畫是倫布朗的《夜巡》，因為是夜景，畫色陰暗，設計上恐有失誤，焦點錯置，只見兩個金色女童，全都有重疊的影子，一片鬼魅，頭也暈了。第三幅又很精彩，是梵高的《黃屋》，我竟然站在房間裏，室內的床、椅、几，都像浮起，床頭的衣物、几上的瓶盤都色形清晰，窗子恍若才輕輕掩上。色調之美，氣氛之暖，可算天下第一劏房。多年前，在法國旅行，我的確走進過梵高這所小屋；後來香港的梵高展，也有一間虛擬的黃屋。

第四件作品的設計最簡樸，只用兩片紙黏成，頂上漏空可透光，不用名畫，用原作攝影的街景，呈現罕見的建築和寧靜的街道。作品自稱魔術卡，並留下地址和電話，在一個美麗的地方：布拉格。3D 卡紙眼鏡可以自製，只要找到凸透鏡片和一模一樣的兩幅相片。人形設計家何不做些魔術卡呢，讓窮粉絲也可以消費得起啊。

我想

大多數的生物都是卑微的，我也是。大多數的生物都祈求能夠安居樂業、無災無難、平平安安，我也是。大多數的生物都有夢想，我也是。身為甚麼生物，不是生物自己可以選擇的，我也是。生物的一生有長有短，長短之間會發生甚麼事情，大多數難以預測，我也是。可我為甚麼會到世界上來，來做甚麼，結果又要離開，又往哪裏去，有許多不同的說法、許多不同的解釋，生物都各自認為自己的說法、解釋，是唯一正確的，這，我可不明白了。所以，我不完全是。據說這就是生命的奧秘，但奇怪生物會為這奧秘吵個不停。何以天生卑微的生物會長着一個個會思想的腦袋，卻想着不同的，甚至敵對的東西呢？這，我就更加不明白了，所以，我不是。

是的，我承認，我不是生物，只是一件玩具，而且不是木頭、布料，甚至鐵皮、摺紙，而是很低等的塑料，居然談論生物的甚麼甚麼來，憑甚麼呢。可是，卑微的玩具也是有感情的，你看，機械人不是生物，但它們可以勝過人類，體能、記憶、推理、智力，難怪人類因此憂慮，發展下去，它們會不會忽然開竅，轉過來要主宰自己的命運，要成為人類的主人。當然，我們玩具則差多了，但如果人做的機械會思考，那麼人做的玩具也有喜怒哀樂，又有甚麼稀奇？

你聽得懂玩具的語言麼？誰不玩玩具，各種形式的玩具？你會認為你的玩具是最有意義的玩具麼？其實，你曾否認真對待一件玩具？你曾否把玩具仔細的觀察，了解它構造的過程，甚至參與它的構造？你試過像玩具一樣思考，讓自己當成玩具？看看玩具吧，別看不起小朋友的玩偶，諸如兔子、花貓、小熊、野豬、河馬，它們的感情都集中到眼睛裏。一件被遺棄在角落的小毛熊，它的哀傷是不可言傳的；一件被折斷了手腳的絨布兔子，沒有生物能夠聽得到它的哀號；一個被把玩了兩三天就扔下不管的玩具，就像被評論家只讀了兩三行馬上說不好看的書。真希望無物界醫生也來看看。

我很喜歡我的小主人朋友，他們把我看作和他們一樣的生物，和我聊天啦，給我舒適整潔的屋子，四周陽光白雲、花香鳥語。而他們自己呢，住的竟是和我完全相反的陋宅，讀書辛苦，壓力重重。而我，卻生活在他們建設的烏托邦中。躺在吊床上真舒服呀，多麼自在呀，沒有人來驅趕我們，沒有人會說不准在公園裏睡覺，也沒有人說不要胡思亂想，不要玩物喪志，要勤奮工作，要有世界視野，要關心國事。

大多數的生物不會像我這樣活得舒服，還可以招呼朋友呢，我想。大多數的生物會遭遇大大小小的災難，我想。大多數的生物都要面對各種打擊和重壓而無法反擊，我想。生物真不易為啊。而且大多數年輕的生物都要為各自的理想奮鬥，卻同時遭遇各種挫折、壓迫，我想。因為年輕人的理想國往往不同於中年人以至老年人的，前者還沒有地位，後者是強勢，我想。所以，我的生物小朋友的父母和叔叔會說：人生不如意事十常八九。啊呀，十常八九，說明他們仍然需要努力工作，並沒有分享得甚麼保障。常八九，是不是太過分了呢？我只好希望，生物會遇到的不如意事由常八九，快快下降，直到常四五，不要過半，更不要常了。不過，如果人生如意事十常八九，也不一定好，生物總要有一點挫折，然後才能夠體會其他物事的艱難，聽得到過去聽不到、非我族類的呼喊。我躺在安樂的吊床上，你可知道，一件玩具也有它新年的願望？

夜遊園

動物園有很多，可以夜遊的極少。據我所知，好像全年開放專供夜遊的，只有一個。這也是我唯一去過的夜間動物園，園址就在日園的隔鄰，相信兩園本是相連的，再分支開來。新加坡日間的動物園是座有水準的園，高水準指的是園方對動物的態度。那就是，園地清潔嗎，動物活動的空間寬闊嗎，有沒有動物被鐵鍊鎖着，等等。傳統的動物園是把動物關在籠中的，遊人如逛商場，漫步一列列櫥窗。觀眾對動物像獵人對待獵物，或者軍閥對待俘虜，志得意滿，又總是看牠們不順眼，隨意拿膠瓶襲擊牠們，不准牠們睡覺，拿糖果糕餅引牠們過來伸手討，當牠們是乞丐。獅虎本是夜行動物，白天何以不該睡覺，動物自有吃食的物種、數量的標準，難道人類有特權要牠們超重、高血壓、牙痛和胃癌，要牠們屈辱地表演？還記得荔園動物園的大象天奴，大半生困在只有數百平方呎的籠裏，向遊客跪地乞食，大人拖着小孩興奮地發號施令，其實是虐囚。動物也有動物的尊嚴。

新加坡動物園是一座野生動物園，那就是說，這些園和其他的不一樣，是用新的方法保育圈養動物，因為動物的家園無一例外正遭摧毀，牠們有的受過傷，有的目睹過父母被獵殺，諸如此類，大多瀕臨絕滅，結果只能在動物園中受到庇護，在園中擔任保護自然環境、保護瀕危動物的大使。動物園如果還有存在的意義，恐怕這就是了。而異族的大使是應該受到尊重的。所以，許多國家設立動物保育中心，例如紅毛猩猩在馬來西亞山打根的家園史必洛。同時，各國也開啟野生動物園。譬如中國，早就有北京動物園和上海動物園，然後另有北京野生動物園，以及上海野生動物園。即使收監，監牢也有大有小；而且，動物充其量只能受不許離境的軟禁，而不應囚困，即使猛獸也可用河道隔離。金絲猴在北京野生動物園居住的樓閣和園林就好像很寬闊（後面應該還有），紅腿的白臀葉猴在上海野生動物園自由自在在一個小島上生活。這些動物，都算比較自由。

夜間動物園的專區，只是幾個不同的房間而已，關門閉戶，彷彿內有隱者，遊客容易過門而不入。這個小地方，幽靜隱蔽，其實是夜行小動物的居所，內有分隔的獨立房間，給白天愛睡覺的生物專用。牠們是眼鏡猴、懶猴、指猴等，還有蝙蝠。室內偏暗，但有燈光，小猴有自己的生理時鐘。這個地區才是真正的夜間動物園。當然，我覺得還是可以改善的，如果只有一種遊園方式，眾人坐着火車，匆匆繞園一周，走馬看花，甚麼獅子、老虎，連尾巴也沒見一條。雖屬夜間動物園，夜行動物被養成人的生活習慣，還是在睡覺。

夜遊園令人失望，幸而仍有一點兒補償，這裏有不錯的書本和毛公仔。最精彩的是罕見的南美雨林猴子，而且是由不同的種類合成一個系列，總名野外共和國，我立刻就「這個、這個、這個、這個」，不同的猿猴，塞滿了行李箱，牠們每一個都有自己的「護照」，寫上名字、住址、嗜好、脾性等，美國設計，中國生產。如今請牠們出來和大家見見面，說聲你好。哎呀，一組毛猴，因為分別送給小朋友，只剩下五六隻。一隻是環尾狐猴，一隻是蜘蛛猴，兩隻像孿生的鬚猴，還有一隻山魈、一隻長鼻猴。毛猴眾多，精品難求，唯一的辦法是快快照着範本把其他的一一補上再說。至於另一組，則無法填補，因為是橡膠。

彈弓

有一盒玩具，盒面有幾幅古怪的圖畫：一頭企鵝，戴着潛水鏡，手夾一件樂器，一頭長翅的黑熊則戴飛機師眼罩，一名男子頭上長了兩棵樹，一輛汽車運載一本大書，一件噴水壺似的金屬裝在冰屋頂上，武士乘坐一匹四輪馬，三輪搬運一座房屋，陶瓷大瓶身上附金屬細管和轉軸，海豚的特技表演。盒子沒說圖畫有何用意，只指出它們在遊戲中的角色是分別扮成標靶，站在桌上圍成三角形，一旦被武器擊中，就倒下，死掉。這麼漂亮有故事可說的圖畫，竟派去當標靶，我覺得是大材小用。

既有標靶，就有武器，是甚麼武器？圖畫提示兩件硬板紙砌成的曲尺形玩具。啊，是手槍不是，怎可教小朋友做武器，這種暴力玩具該禁止上架。不過，製成品有點特別，竟有時鐘似的計時表，又有手搖電話的箱子。文字沒提手槍和子彈，只說是catapults。那好，不是手槍，是彈弓。我喜歡那些標靶，就買盒彈弓。小孩子誰沒見過彈弓，只是名字不同，一般的叫法是彈叉，也就是牛皮彈叉。頑童的後褲袋裏個個插着一件，而且是自己製作。材料是一截樹丫叉，即是一段Y字形的木頭，分叉的樹枝兩角纏上一條橡皮筋，中間包一顆石子或木珠，拉緊橡皮筋，放出石子，其實很富殺傷力。眼界準的射手，練就百步穿楊的本領，可以把樹上的小鳥或鳴蟬打下來。當然，有時就會殃及貓狗。所以，彈弓其實是武器，是凶器，《瑯琊榜》裏的小飛流說得對：不好玩。

彈弓成為武器有悠久的歷史，古代戰鬥，近距離用刀或劍，遠距離的，用箭或暗器，如梅花針或鐵蒺藜之類。彈叉是武器之一。名字不同，作用是一樣的，有時變為石弩，石又變為箭。《水滸傳》裏眾多好漢，其中浪子燕青，武藝不很高強，卻帶弩防身。西洋武士擅長用箭的，最著名的是羅賓漢和威廉·泰爾，近年奇幻電影中特多用弩的仙界、靈界人物，有點復古。弩本來是中國的特產，後來從蒙古傳入羅馬，中世紀時已殺入戰場。國與國間爭執，城與城間的掠奪，城牆的建造形成遠距離的攻防戰，對付高牆，的確不能靠雞蛋，要靠巨石和砲彈。投石機紛紛出場，彈弓變成投石器，用來攻破城牆，投石機又變成砲彈機，把火砲炸彈飛越城牆。薩拉戈撒的《里斯本圍城記》寫的正是古代慘烈的戰爭。這小小的原本手握的彈叉，一變再變成為巨大的戰爭機器，像一輛輛移動的貨車，在戰場上推進，把彈藥拋上高空飛向敵城。Ballista、Springald、Trebuchet、Couillard、Mangonel、Onager，這些名字就是兩千年來戰場上出現過的投彈機。

玩具設計得很好，紙板厚厚的，成品很結實，細節詳盡，除了紙板，另有木塞、橡皮筋和計時板等等，表面印上木紋、雲石紋、釘痕、齒輪，使玩具像真度高，拿在手上，的確可以啟動，把子彈放在箱座上，拉動和扳手相聯的直尺，一鬆手，子彈就飛出去。子彈居然是老式電話似的大紙盒，毫無殺傷力。當然，仍是小童不宜。我試過的，有點像打保齡球。不好玩，那就不要玩。

眼睛

人體的器官，原來有不同的特異功能，有些我們已經知道的，有許多，我們從來沒有注意到。例如，不小心擦破了一點皮膚，流了一點血，可以搽點藥油，甚麼紅藥水、藍藥水、碘酒之類。不久，傷口恢復原狀，完全沒有受過傷的痕跡。這是多麼奇異的事呢。我們的皮膚簡直有再生的能力，像科幻電影的安卓，只不過慢一些，神不知鬼不覺。可我們從來不對皮膚致謝。皮膚會自療，這種功能，我們似乎不以為有甚麼大不了，不覺得特異。其實，這是一件驚人的生命工程，一點兒也不簡單。既然人人都有這種本領，體會過，也就視而不察罷了。

那麼說說眼睛吧。眼睛有甚麼特異功能？當然就是看東西了。這個「看」，可包含了令人驚歎的本領。例如一幅畫，我們看了一眼，就看到這畫的內容，可能只是線條、色彩，看相片、看風景也一樣。眼睛的特異功能是在「看」了一眼之後發生的。發生了甚麼呢？原來當我們對目標看了一眼之後，視線離開了所見之物，眼睛竟會保留所見之物的「殘影」，當然，時間是短的，以秒數計。這個功能大有學問，可以加以開發，再大派用場。偵探可以利用罪案現場的目擊者，包括死者的眼膜殘影，追蹤罪犯。而令我們首先得益的是：科幻電影誕生了。

漫畫和卡通是不同的東西。據我的理解，漫畫是一幅幅單一的手繪畫，有故事；卡通是一系列單幅的手繪畫，但每一幅都和前後的畫幅內容相接，只多了小小的差異，它們序列整齊，可以看出是一個情節連續的故事。於是用機械把那麼一組畫幅，加上燈光，或快或慢地轉動，從一個適當的距離觀看，就是卡通片了。多年前，我買過一座放映機，得到一大片廢置的膠卷影片，就學習剪接了。當然，我也買了一部剪接機。廢影片放在圓盒內，拉出來像一把軟尺的模樣，可以目測一格格的膠卷，每一幅和上下各幅的畫面相似，但有些微的差異，那是物事或前或後的動作。如果是抽出一個人走路，從左走向右方，那麼，在A格時，人在左方的邊緣，一路朝上而下觀看，畫面中人走路了，從左逐一移動，一格一格地各自移動，過了四分一、過了一半、過了四分三，最後抵達右邊。不過很簡單的一組動作，卻用了不少的膠卷格子。我如果覺得走得太慢，就可以把中間的片格剪掉，把A格和B格子接連起來。方法就是在剪接機上，用膠水塗在兩段膠卷的切口上，然後疊壓就行。剪接機甚小，價錢也便宜；放映機可大了，又重，價錢也貴。剪接甚是有趣，可以把這麼一個故事，反過來說成那麼另一個；又可以天馬行空地拼貼，像意識流；把鬥牛勇士接到梵蒂岡廣場，牛遇上紅衣主教；也可以把瑪麗蓮夢麗接到太空船去，令外星族產生交通意外。當然，電腦和數碼廣泛面世之後，新的做法會更多許多。

見到一架簡單的原始放映機，我就買了。除機件，還配備了一套畫片，可以替換，其中的「食鬼」片和貓跑片都極其生動。當然，放映機需要電影，有光才有電影。這個玩具很好。除了提供六張畫片（雙面都有圖畫）外，另有六張空白的畫片，讓小朋友自己設計，另有小冊子指導如何畫、每一幅該注意甚麼。小冊子還介紹動畫的原理，說不定，小朋友長大了會成為導演、剪接師、編劇、美指，會喜歡電影。

韓式

娃娃屋和微型屋是有分別的。娃娃屋是dolls' house，主要是設計給小朋友的玩具，房子、人物、家具都色彩鮮明，形式富創意；微型屋是miniature，屬於成年人，一般是業餘的嗜好，常常和歷史掛鉤，特別建構，無論式樣、裝修、家具、人物、衣飾，都要求與朝代緊緊相扣。經典的十七、八世紀作品，並非兒童的玩具，而是炫耀的擺設，用來展示主人珍藏的微型瓷器、銀器、人偶的絲綢織錦衣裳。二十世紀的名屋之外，多了素人作品，平民百姓會自己動手造房子，小鎮則組織聯誼會，一年舉行幾次市集，並有多份月刊報道最新消息，以及各式微型物品的廣告，推銷電話、餐具、牆紙、木材、磚塊等一般自己不易找到或製造的物件。

沙士一年，我就躲在家裏設計微型屋，看雜誌，刊物是英國出版，由許多專家撰文。其中一位女士會介紹各地的家具。有一次，她佈置一個「房間盒子」，展示中國廳堂，只見一堂黑墨墨的東西，塗上厚厚的油漆，肥腫不分，形狀曖昧，即使清朝，也沒有那麼醜陋的家具，更不必提明式了。稍後，朋友阿來到倫敦參加年度大市集，帶了自製的金魚去展售，魚缸極精緻，有金色的小魚、綠的水草、人造的水，還帶有中式的架子床（比英式四柱大床漂亮多了）。我有一些中式家具，找了一套桌椅：雲石圓桌和六張雲石面圓墩，帶漏空圓券洞飾，手工精細，體態優雅。請朋友帶去送給那位專家。她很高興，送我一本她新寫的書。

好的微型家具的確不容易找。中式家具以前只有竹的，做得也漂亮，近年才見有明式椅桌、書櫃、羅漢床等，美不勝收。外國的迷你家具，德國的是經典，英國的以維多利亞式最多，乏善可陳；十六、十八世紀的都有個性。日式小家具偶然在「森林家族」中出現，都變塑料了。所以，在韓國見到傳統的小家具，真的如獲至寶，更加高興的是，作品需DIY。每件家具獨立包裝，內有詳細圖文指導製法，材料都已配齊，木料已切好，不必從板塊中抽出，木塊邊緣平滑，不需再用砂紙細磨。顏料有紅、黑兩種選一，白膠漿一瓶，金飾件一袋，瓷花瓶、銅器皿一袋。其實，木頭小家具，可以買飛機木自己做，可是韓式古家具我們在劇集中見過了，大大的木櫃，滿是金色的飾片，櫃的邊角、門扇、抽屜上的把手，都把作品變得金碧輝煌，而不同的飾片有不同的形狀，有蝴蝶的圖案，也有雙喜的字形，到哪裏去找呢，五金店沒有，自己又做不來，如非本土的供應，很難複製。

一個星期下來，終於完成，成績比我預期的好。並非我手工沒有交白卷，而是提供的工具一點也不含糊，木片配對準確，膠漿黏合力強，顏色溶入木紋，塗一層已經足夠，設計師還得有其他人在材料方面的配合，可見團隊合作的力量。這樣說，是因為我遇過一些設計和配料並不協調的玩具；頭和手合作得不大順暢。是的，不過是玩具，如此專業，反映南韓在普及文化中的成功，絕非僥倖。

水曜夜之鋼琴——記鋼琴協奏曲比賽

選一首蕭邦的圓舞曲或者馬殊卡，就可以參加蕭邦組鋼琴的比賽了。所以，一開始的時候十分熱鬧，我聽到蕭邦響了三響：

E小調圓舞曲（蕭邦遺稿）。

E小調圓舞曲（蕭邦遺稿）。

作品三四號第一首圓舞曲。

蕭邦響了三響。怎麼沒有馬殊卡呢？馬殊卡都不見了，該有些人彈更好的馬殊卡。很對不起蕭邦。蕭邦小時候就很對得起莫札特。看過《一曲難忘》？那時候蕭邦年紀頂小，窗外的的塔塔的下雨，老師打開籬笆門進來，那時侯，蕭邦很對得起莫札特，他彈的C大調奏鳴曲頂好聽。那時候，蕭邦彈莫札特，現在大家彈蕭邦。蕭邦響了三響。施同福九十三分。他就是第一個響E小調圓舞曲的。施同福，去年鋼琴協奏曲的冠軍就是他，今年巴哈組的冠軍又是他。評判先生說：這個孩子很愛音樂，是個藝術家。他實在像。現在，大家熱鬧地在蕭邦，最好將來大家會熱鬧地施同福。今晚上，任何鋼琴都愛響三響。因為響好多響的日子已經過去了。蕭邦的圓舞曲和馬殊卡以前響八十一響，響剩三個人。響走了所有的馬殊卡。鋼琴協奏曲以前響三十三響，現在也響剩了三個人。響剩的竟然全是女孩子。她們兩個，或者三個三個地跟上台去。除了蕭邦，還有很古典的莫札特，還有很現代的蕭斯塔夫維奇，輪流響一響。

蕭斯塔夫維奇響第二協奏曲第一樂章。

莫札特響C大調協奏曲第一樂章（編號四六七）。

蕭邦響第二F小調協奏曲第一樂章。

都是第一樂章。台上一邊一個鋼琴，一個人坐這邊，一個人坐那邊，你又會想起《一曲難忘》。那時候蕭邦年紀不頂小，上了巴黎，他跑進鋼琴店對着鋼琴就捨不得走了。那時候李斯特剛好也逛了進來，一個子勁兒對着蕭邦的曲譜叮叮咚咚。

那時候蕭邦很開心，坐在另一邊也彈起來。一邊是李斯特，一邊是蕭邦，他們還一邊彈一邊握手，那樣子，你一定記得。

參加鋼琴協奏曲比賽是自由選曲的，選蕭斯塔夫維奇很特別，容易嚇人一跳，但裏面的金屬聲都給彈出來了。莫札特的一首需要很俐落的處理，也給處理出來了，而且樂句的表現挺好，白頭髮的評判先生特別喜歡。區慧賢的蕭邦是九十二分，又是很高的分數。她是個能夠把你帶入蕭邦的境界的鋼琴手，不單是叫你聽，而是叫你感，這樣子她就贏了。她不但贏了鋼琴協奏曲的錦標，還贏了岩士唐夫人的獎學金。

起初有十三個人參加這項比賽，每個人要響三響。題目不頂難，但一點也不容易。蕭邦練習曲作品第十中要選一首。第八級的鋼琴樂曲中要選一首，還有一首是自由選曲。最叫人注意的當然是自由選曲，難倒了比賽的學生，也難為了他們的老師們。

先是培正的廖芷玲。藍藍的校服裙，紅紅的蝴蝶帶。她的手小小的，給蕭邦害苦了。蕭邦有長長的手指、闊闊的手掌，所以他很偏心，寫的曲子都是給大大的手的人彈的，廖芷玲可沒有大大的手，但題目上說要彈一首蕭邦，她彈第十首，很流暢，但技巧不夠，被蕭邦害苦了她。她還彈過巴哈的E小調托卡大和拉曼尼諾夫的G大調序曲。可惜彈巴哈的時候，她不很能夠忘掉自己，沒好好地跑進音樂裏去。

協恩的區慧賢，沒有穿校服，那種校服彈鋼琴實在不好看，區慧賢聰明。她穿三個骨長的袖，露出很美的手。她彈這些：

蕭邦練習曲作品第十，第十首。

巴哈的C小調幻想曲。

杜步西《水中倒影》。

選杜步西，選法國印象派杜步西的《水中倒影》，許多人都喜歡。區慧賢解釋得很好，樂句起始的準備工作，包括時間的準備和手姿的準備，都叫人喜歡，輕柔的結尾的處理又適到好處。她一直彈，你就彷彿在讀華茲華斯的水仙花。但又不完全是，也不完全不是。區慧賢的手不頂小，她比廖芷玲幸運，所以她的蕭邦，同一的蕭邦就顯得她有潛力。她的巴哈，左手是美透了，但樂曲情調不像巴哈，力也不夠。不過她懂得整個地彈，她給你得到的是全面的呈現，不論是技巧上或是樂曲上。

拔萃的胡景臨也彈巴哈的C曜夜之鋼琴小調幻想曲，也是左手挺美的。她選的蕭邦是第六首，就是大家頂熟的E調練習曲（頂熟，因為，有誰會沒有聽過流行曲〈夜深沉〉呢？那就是把這首練習曲謀殺而成的），但她彈不出蕭邦的詩性，有些地方音色又很沙啞。然後，她選拉維爾的《泉水》，又是法國的水。她把曲子彈得一點都不錯，卻錯過了它的靈魂。

她們都是那麼年青的呢。和我一起去坐船的很歐洲的女孩子説。她是對的。她們都是那麼年青，今天，她們熱鬧了一晚波蘭的泥土和法蘭西的泉水，但願有一天，有人會來熱鬧我們的長安和洛陽。

一九六六年四月一日

杯緣子

聽過「杯緣子」這樣的名字麼？它是一件玩具。應該和杯子有關吧。杯子是一件容器，可以盛載液體。我們用杯子盛載茶水、牛奶或咖啡。從外形來看，杯子有杯身、杯底、杯口，或者有杯耳。杯口是一個圓圈，這個圈被稱為杯緣。人有人緣，人緣和杯緣可不一樣。杯緣只指杯口那邊緣，這和紙緣相同。每一張紙都有邊緣，別忽略它的殺傷力。鬧劇裏就常見賭徒用紙牌當武器。我也曾經被紙緣割傷，因為還不知道紙的厲害。我當小學教師的時候，兼教一二堂美術課。每次上課，我會帶一疊圖畫紙入課室。把畫題和畫法提示之後，就開始派畫紙。派畫紙還不簡單，不外是每次數五張紙給坐在黑板前的小朋友，由他們各取一張再傳給背後的同學。就在數畫紙的時候，一陣刺痛，紙的邊緣把我的手指割傷了，紙邊有厚度，又堅硬，刀鋒一般，割出一道血痕。此後，派畫紙時有了戒心，也不敢讓學生傳畫紙，一班四十五名學生，一張張紙我都自己派。早些日子見到 Thomas Pynchon 的新作名 *Bleeding Edge*，不禁心寒。

幸而杯緣都是圓圓厚厚光滑的瓷質，不會傷害我們的嘴唇。那麼，杯緣子又是甚麼東西？原來是玩具，小小的人偶，可以擱在杯緣上，這些特別的小人偶，名叫杯緣子。以前從來沒見過杯緣子，最近卻見到了。翻雜誌知道訊息後專程去找。可不是在大的玩具店買到，而是在比較冷門的小商場內，百多間迷你劏房大小的攤位其中依地址號碼找到。鋪子極小，櫥窗內擠滿米奇老鼠、吉蒂貓等熱門玩具。找了半天，又解釋了幾次，看鋪的大嬸也不知道我找甚麼，結果由她打電話給真正的店主，由我在電話中說清楚，大嬸才從一個抽屜裏翻出一個小盒來。是的，我看見是杯緣子了。

原來是兩個膠玩偶，才二吋高，一男一女，都穿着工作服，應該是制服。至於哪一家店鋪，店名就印在他們手提的購物紙袋上，一隻大大的手，捲成屈拳狀，食指外向，或東或西。店名清清楚楚：東京手（Tokyu Hands），原名是東急手創館，真是老朋友了。我是個一到日本，就去找「東京手」的人。不論東京、京都、大阪、名古屋，在日本，到處都有東京手，而且店鋪總是樓高七、八層，招牌遠遠可見。甚麼銀座、心齋橋，我才沒興趣呢。為甚麼一定去東京手，因為那是一個專售DIY手工用品和工具的中心。每一層只售獨一的類別：繡花線、鈕扣、花布、各種粗細長短的針，長到縫布娃八吋長的針、花邊，等等；愛做木工的，又有各種長短、厚度、木質的裁割好的尺寸，然後釘、鋤、鑿、鉋、刀剪，找甚麼有甚麼，都就手。每一層不同，皮革啦、紙啦、園藝品、陶瓷玻璃啦。一家店，夠你逛一整天。東京手的「手」，就是動手製作的手。

還是找兩隻杯子把玩偶放放在杯緣吧。二〇一六是店鋪慶祝創業四十週年的特別版，四十年來，我這個訪客的確已經在店內流連過不知多少次了。

家政

初中時讀了三年。每個月十八元學費，堂費也是十八元，一九五〇年代初的十八元，説多不多，説少不少。但堂費獲得減免了。家中兄弟姐妹五人，當然以男生排先，父母卻認為女孩也應讀書，算我幸運，如非只需繳學費，早已送入工廠賺錢幫補家計了。初中轉眼過去，學校決定開英文班，已試了三年，正式分為中、英雙語制。我在中文部讀書比較輕鬆，成績也不差。哪知升班試有一科不及格，正是家政科，真見鬼了。家政科本來可不必背甚麼書，不過是縫個布袋甚麼的手工，看似沒有難處？原來初三時老師特別要教同學縫一條西裝褲，幾碼布，又是呢絨，我哪有能力買，也沒告訴媽媽，一直拖，最後還是沒交功課。這時才知害怕，也許不可能讀書了吧。於是想個辦法，去考英文部；正好父母都鼓勵我轉去英文部，認為出路會好些。運氣不錯，又考取了，大概也是中文和數學不差，英文，經過三年努力，勉勉強強吧。英文班又剛有空缺，就把我填上了。中文部的原班同學其實也很羨慕我，我只覺得，從此再也不必縫甚麼勞什子的西裝褲。英文部的家政不做縫紉手工，是烹飪，而且老師都是洋婦，以後上課，和另外一組同學，一起做蛋糕。

左三年，右三年，無驚無險。不是的，因為中學畢業時要面對會考，人人緊張，只好拚命溫習，而且要好好選科。英中會考和中文中學不同，一定得英文及格，否則即使其他各科考得好極，還是不能畢業。會考的科目，因為選科不同，同學也未必一樣，選擇變得很重要，影響可大可小，大家談話的內容於是變成了選擇科目的問題。基本上是選八科，也就是成績較好的科目。同學們會找家長或兄姐提供意見，我呢，沒人可商量。該選哪八科？自己數數：英文、數學、中國語文和文學，佔了四科，另外的四科選聖經吧，讀了六年，四福音都很熟，重要的經文倒轉也會背。公民吧，是些社會上的民生大事，甚麼機場、徙置區等等，就當作文好了。還有生物、化學、家政，選兩科，但哪兩科有信心？

忽然有一天，校役找我，說校長要見我。入學近六年，我只在禮堂集合時遠遠見到她，要到校長室面對面，不知是否大難臨頭。因為我在報紙的學生園地投稿，曾經素描班上的同學、校內的老師，被老師逮到教員室訓導，說不可以繼續，所有未發表的稿件必須取回。這件事讓我明白了寫作的一些沒有想過的問題，我以為寫作就是要一切真實，誰知可能傷害了別人，我賺了一些稿費作零用，代價是幾位老師對我評頭品足，而大多數同學開始當我是洩密者，不再把我當朋友。物事可以真，姓名必須假。我一直以此為戒。但近年偶然也會看到某些記人記事的文字，名字是真的，物事卻假，胡寫亂記，讓不知情的年輕人當真實流傳，其實也是不負責任的事。

進入校長室，心想一定又是囑我不要再寫了，我很緊張。校長讓我坐在旁邊，她說要和我談談會考的選科問題。她完全知道我各科的成績，擔心我的化學成績會考不上。她說，了解我的家庭狀況，不可能負擔升大學的費用，既然如此，放棄化學改選家政吧，這比較有及格的把握，可以出社會做事，或者進教育學院，好不好？於是我選了家政。為了選家政，校長要為我特別編一個時間表，全部同學上化學課時，我獨自上家政課，由洋老師教我，一對一，除了教我烹飪，還包括一切女子該學的家居實務。學校的家政室，在禮堂之上，跟禮堂同樣大，設備很先進；每課兩節連堂，時間充裕，學完糕餅，老師會拿出新出版的家居雜誌給我，這時各自看書，真是舒服自由，直到下課。因為家政合格，我有八科取得文憑的成績，這個成績讓我考取了教育學院。

我成年後一直喜歡廚房，到歐洲旅行看經典的娃娃屋，總留神它們的廚房，女子做的家政。自己砌的娃娃屋，也總要有廚房。我離校時，我的校長也退休了。今學年，我知道有新校長上任。五十多年前一位校長助我成長的事，寫出來作為對她的懷念。我的堂費獲得減免，也正是這位校長。

暗格

家中一個古色古香的中式木櫥，內有暗格。十八、九世紀時，西式家具的高個子連架式書桌是宮廷貴族、上流社會、西洋女子，尤其名媛最喜愛的閨中良伴，因為它有暗格，以收藏情書著名。中式木櫥的暗格，大概用來收藏珠寶首飾吧。我家木櫥的暗格，真是委曲了呢，既無珠寶首飾入住，也沒有人寫情書給它的主人。櫥中有暗格，卻是意外。藏了些甚麼呢？數數也不少，都是朋友寄給我的信件和明信片。信件很少重讀，明信片因為有圖畫，所以常常會翻出來。每年歲末大掃除，總會掃出明信片看一陣，可掃不可除，看完仍好好保存。寄過明信片給我的朋友，如今還好嗎？

明信片上的圖畫大多是名畫，可見朋友多愛逛博物館和美術館。依莎貝寄來的明信片有波蒂采妮、畢加索，片後也只是寥寥一二行，例如：To my buddy pal, wishing her a happy to-day。一九七五年之久了。當時她在英國讀書，問我喜歡甚麼，我隨便說喜歡馬諦斯。不久，竟收到一本畫集，哎喲，蓋着市立圖書館的印章。駱笑平在七六年寄自英國的明信片是Sam Smith的木雕，當時她和張景熊一起逛了多個展館，會寄些稿給《大拇指周報》的藝叢。四十年忽然過去，景熊桌上的茶已寂然冷卻？

有的朋友喜歡風景。鍾玲玲很喜歡山吧，她寄來的明信片景色是希臘的火山島，她的文字是優美、舒服的散文：這兒的海灘是黑色的，山上有大小不一的洞穴，因尚未至收成季節，田野中的葡萄藤有如耶穌頭上滿佈荊棘的桂冠，一陣風吹來身上滿是沙粒，而這兒的日落，是我看到過最美麗的（一九九三年）。另一張明信片沒寫年份，是從澳洲寄來的，說她到了澳洲，在平安夜登上長途汽車，三十多個小時後抵達澳洲北嶺地，翌日會到沙漠騎駱駝，當晚會去看世界上最大的岩石。明信片寄出時，又加了一句：是的，今晨我的確站在岩石的頂峰。桌上剛巧攤開了一份二〇一六年十二月三十日的報紙，上有一幅這烏魯魯巨石的圖片，因為大雨，本是紅金色的巨石變成灰色，而且形成許多瀑布從山頂上流下來。鍾玲玲也看到新聞圖片嗎？我且剪下來留給她看，因為她正在羅馬尼亞。她的女兒海素在聖誕日早晨生了一個女兒，名叫Ona。忽然想起一句歌詞：Una paloma blanca（一隻白鴿）。一隻小白鴿，出生在羅馬尼亞（born in România）。

不知誰是白牙，過去常常寄明信片給我，選的都是有趣的圖畫。他寫得一手童稚的美術字，像刻印章。有時又把印刷品的字拼貼成句子。他會說：來，讓我們一起玩跳房子。又會說：我也要當動物管理員。他會提到一位名叫邁克愛貓的朋友。他又寫：陸離好嗎？麻珠好嗎？最近香港彷彿浮城晃晃擺。白牙寫的明信片沒寫年月日。麻珠是陸離心愛的貓，許多年前已經移居冥王星了。

也有人在布拉格把寄給花貓的明信片寄到我家來：貓兒妹、花花：來自維也納的土產貓罐頭，好味嗎？

填色

奇怪。忽然不知如何，刮起一陣填色風。文具店、書店、美術材料店，都冒出許多黑白印就的圖畫本，每一頁都有圖畫，厚厚的，闊闊的，花草樹木、森林原野、高山峽谷、城堡圍牆、鳥獸蟲魚、仙子女神、王子公主，甚麼都有，就是沒有顏色。顏色，由讀者自己填充。我的確感到困惑，記得在教育學院讀書時，雖然主修的科目不是美術，卻會去聽美術科的課。如何教小朋友畫畫，有一些方法要避免，其中之一就是填色。例如派畫紙之前，可以給小朋友看一些其他人的作品，如果題目是「爸爸媽媽」，那就看看別的小朋友怎麼畫，然後分發一張張大大的畫紙，告訴小朋友不要用鉛筆，要用粉彩直接畫，隨便用喜歡的顏色，要把整張畫紙畫滿，不要畫電視和漫畫裏的人物，等等。不論一至六年級，沒有一課教填色。

記得一個叫〈工兵克利〉的短篇小說，寫畫家保爾．克利，在第二次世界大戰時要服兵役，那麼他在軍隊裏當上甚麼軍銜和職務？他被派去鬆飛機。畫家難道就是油漆匠？

我總覺得填色這件事等於讓我們當油漆匠，不是啟發我們去創作，而是帶領我們走上二等嗜好的道路，一條畫好了框框的道路，你不要越出框框的界線。你的工作就在既定的框架裏完成。在框架之內，當然很安全，安全極了，於是認為框架之外的都不是好東西。就像某些教學生寫作的書本，句子做好了，要學生選擇一個形容詞。教他們認識形容詞，或者無可厚非，寫作嘛，卻扼殺了他們的創意。那麼這難道是我們對文學藝術、對孩子對年輕人的期望麼？文學藝術就是不要教條，不要框框。

而且，那些填色的畫本多昂貴，優質的彩筆一點也不便宜。商人當然大力推廣。不過，有人說填色可以舒緩壓力，減低抑鬱的情緒，又是寧靜的親子活動。真的？我且試試。我去買了一包需要填色的圖畫，六頁紙上印了不同的圖樣，兩頁是手和足，兩頁是眼睛和嘴巴，兩頁是軀體和頭顱。圖樣原來是貼紙，可以撕出來，拼貼成一個個機械人。我貼了一堆，然後填色。當然，整個下午過得寧靜舒適，和平日的感覺一樣。完成的填色並不特別，趣味屬於機械人，因為那是我拼貼出來的樣子，是獨有的。

教書的日子，當然有壓力，除了上課、改卷子，還有極多課外活動，除了當班主任，要面對的還有開放日、朗誦比賽、帶童軍露營等等。每天放學回家，像郵差似的提着沉重的書包，彷彿打完一場仗。明天又再上戰場，而且永遠都不會打勝。也難怪很多教師會提早退休了。用甚麼方法減壓？填色可以讓過分集中的情緒轉移，真的？不過打掃一下家居，做一下運動，何嘗不可以。真要減壓，真要親子，不妨大家你一言我一語，合作一個童話故事；更何妨去遠足、游泳、看電影。我自己會選擇做手工、打毛線衣、繡十字花，或者天氣好、精神佳，去和朋友喝下午茶等等。其實還有一件事最容易：待在家裏聽音樂。好聽的音樂太多了，奏鳴曲，協奏曲，尤其是第二樂章，不同的作曲家，不同的演奏家，聽着聽着，甚麼壓力暫時都不見。

大搖搖

有趣，見到一件怪物，不知是何方神聖。身在玩具店，它理應是玩具。有點像膠杯子，又有點像花瓶。綠、藍雙色，是兩隻碗吧，碗口闊大，碗底相連，卻繞着一條繩子。看看碗口的一行字，寫着法國製造。既是法國貨，怎麼又用英文字。另有一行字才是法文，但我看不懂，又不敢去麻煩從法國回來的老編。只好仔細把玩具橫着看、豎着看，既然兩邊對稱，中間繫繩，可不是一個超級體積的搖搖？我喜歡玩搖搖，有木製的，鐵皮的，塑膠的，發光的，閃爆的。我最喜歡木的，有一點彩繪就很好。搖搖的花式，我只玩到能夠在地上滑行而已。一頭花貓是我的朋友，我常常和牠一起遊戲，玩乒乓球，牠守龍門，我是前鋒。我總是輸。當我亮出一隻搖搖來，花貓會立刻跳上椅子，再跳上桌子，坐在桌子邊緣，看我拉扯升降搖搖，牠也跟着上下搖頭晃腦，瞄準了，爪子很快就把繩子捉住。搖搖也歪頭歪腦無法動彈。和花貓玩搖搖，是極疲累的遊戲，因為要先把搖搖的繩子捲好，可揮動一二下，就給抓住，又得重新開始。結果我也放棄了。不再玩搖搖，和花貓無關，事實上，單獨用一隻手捲繩子，也麻煩費勁。再說，替貓咪拍照，不該用閃燈，如今的搖搖閃光，還是免了。橫豎花貓的玩具很多，目前最愛邋鞦韆，就是鑽入紙袋、布袋裏，讓人提起袋子兩邊搖，把自己變作搖搖，還會喵喵叫。一見袋子就爬進去。

說了半天搖搖，其實是因為認出了搖搖的表兄弟。我在玩具店見到的異物，應是和搖搖同一家族，而且更富鄉土味。它完全用竹做成，由兩個竹輪和一支竹筒構成。竹輪平放，竹筒插在輪子中間，像一個啞鈴。竹筒正中稍細，捲上繩，擡起繩子，豈不像個大的搖搖。只不過，這個大搖搖兩邊的圓輪，相隔如一鉛筆的長度，玩法也不一樣。大搖搖的名字叫「空竹」，大概是指三段竹合成。「空」字非常重要，因為三段竹都是中空的。

一截圓竹筒，中間自然是空的，兩邊的圓輪就和汽車的車輪一般，又圓又厚，中間也是空了的。搖搖用一隻手揮動，空竹得用兩隻手。空竹的橫竹正中是一條繩，繩的兩端連接兩枝木棒。玩的方法就是雙手各握一枝棒，像鐘擺般兩邊搖。高手耍空竹，流水行雲，雙手如蝴蝶飛舞，身體隨玩具旋動。空竹不僅是可觀的玩具，還是樂器，因為它是中空的竹筒，輕輕搖動就會發出幽幽怨怨、斷斷不絕的聲音，像靜夜聽到二胡動人的吟唱。當空竹在激烈的推拉，又會發出慷慨激昂、萬馬奔騰的高歌。忽然見到改頭換面的空竹，真令人啼笑皆非，無竹又無空箱，能吟唱甚麼？

兩女性

其一：華倫天娜

如果我說，華倫天奴，你可知道他是誰？當然知道，但華倫天娜呢，是誰呀，是誰呀？

告訴你，華倫天娜．妮可拉伊娃原來是一位女太空人。說起女太空人，這個人像座山那麼厲害，大家一定以為她和奧運裏擲鐵餅、拋標槍的女勇士一般了吧。哈，才不哩，她竟是一位十分美麗的太太，瘦瘦的，五呎四吋高，重一百一十磅，頭髮金得閃閃亮。她的皮膚細緻、潔白，眼睛水藍藍的，今年是二十九歲。

華倫天娜最初喜歡跳降傘，過了一陣，喜歡駕駛飛機，又過了一陣，就做起太空人來了。她現在自己還會駕駛噴射機哩。

她說，在太空艙裏一點也不寂寞，因為艙外有許多風景可以看，日落和日升的時分，就美麗得不得了。在太空船上看地球，覺得地球像變了新娘子，披着一層薄薄的藍色的面紗，原來地球外面的大氣層看起來像藍色的薄霧。華倫天娜是俄國人，身世十分淒涼。她年紀很小的時候，剛碰上了第二次世界大戰，她才兩歲多些，爸爸就在戰亂中喪生了。她母親當年才二十六，年紀輕輕就變了寡婦，後來很辛苦地才把三個孩子養大。華倫天娜就是在母親的淚水中長大的。

現在，華倫天娜長大了，她自己也有一個女兒，長得像父親。華倫天娜有兩枚勛章，一枚是太空飛行員的，另一枚是國家的英雄金星，這種勛章，只頒給英勇或有特殊成就的人，所以掛上了很神氣。

有人問華倫天娜，俄國女子和別國的女子有甚麼不同嗎？她説，沒甚麼不同，大家都要懷孕足九個月才生孩子，又受同樣的痛苦，而且，大家都同樣希望自己的子女幸福，同樣不希望打仗。

其二：公主十八歲

安妮．依莉莎白．愛麗絲．露薏絲，十八歲了。如此年輕的一位公主。她一點都不BEAT。她穿的裙子不短，她穿的襪子不花，她不滿街流蕩。沒有人要她這樣的，她說是她自己喜歡這樣的。

安妮喜歡看瑪嘉烈的衣櫥，但她暫時並不愛那些衣服。她喜歡穿牛仔袴，喜歡穿寬大的毛線衣，那是她自己和同學一起到店裏買回來，那件毛線衣是橫條子的，顏色挺漂亮。公爵見了，說她是一頭特藝彩色的斑馬。

公主的生活總得和別人有一點不同吧，她不乘公共的車輛，不自己上電影院。她至少有一名蘇格蘭場的偵探跟着她，她叫他做「我的影子」。

她住的是一間套房，在白金漢宮。據說小廳是橙色和白色的，地上沒有地氈。室內有小小的寫字桌、書櫥，以及一座白色的電視。不過，她有大大的一整套唱機，音響是最好的，她喜歡流行音樂。

安妮知道她將來會怎樣，她說自己樂意是一位公主。早幾年，法國總統戴高樂訪英，送給安妮的禮物中有一頭機動的會唱歌的小鳥，放在一隻精緻的籠裏。公主對大家說：那是一頭雌鳥，名字叫安妮。

在第二天一早，她就把鳥從籠中拆出來，釘在自己床頭的牆上。她對母親說：說不定從此它就不能唱歌了，但也不好留在籠裏。

這就是我們所知道的公主。

一九六八年

編者按：兩篇短文當年同時發表，各有副題云「無關電影」。趙曉彤研究西西的電影文字，既說與電影無關，乃從中抽出。今兩篇合併，取名〈兩女性〉。剪報沒有註明日子，得曉彤提醒，安妮公主生於一九五〇年，既說公主十八歲，當是一九六八年；這也正是西西的「電影時期」。

華倫天娜·妮可拉伊娃，今譯范倫蒂娜·佛拉迪米羅芙娜·泰勒斯可娃（Valentina Vladimirovna Tereshkova），她是人類歷史上第一位女性太空人。

歐陸快食

〈怪屋〉是我在飛機上讀到刊在航空公司期刊上的一篇文章。在飛機上，我還讀了另外一篇講食物的文章，告訴我歐陸有些甚麼快食值得一試。

三明治在歐洲很普遍，在英國，三明治是小食，不過，在荷蘭，三明治可以成為一餐的主食，找三明治吃的地方最好是阿姆斯特丹，因為那裏是大三明治故鄉的中心。當然，荷蘭三明治還比不上史堪地那維亞的巨無霸，可也實在很可以裹腹了。沿着阿姆斯特丹那些十七世紀的運河兩岸，你就可以找到便宜可口三明治的店鋪，他們會給你做單層或雙層三明治，嵌滿了火腿、豬肉、雞蛋、涼瓜、牛肉、魚……你想吃甚麼，就有甚麼。

在荷蘭，他們的三明治店叫做 broodjeswinkel，荷蘭的另一式三明治是一個巨大的熱硬圓麵包，切開一半，塞滿燒牛肉，淋滿濃肉汁，最好在店內吃。荷式三明治有薄有厚，薄的可以是一片火腿和溶芝士，厚的則有牛肉片或火腿片加兩隻煎蛋。

歐陸的湯，是可以填飽肚子的快食之一。魚湯最普遍，在漢堡，可以嚐嚐著名的鰻魚湯，名字 aalsuppe。喝豆湯要小心，荷蘭和法國的豆湯是真正的豆湯，如果在泰洛省份，滿碗只是一堆像豆的雜物，總之看不見豆。在歐陸，香腸是最可口的食物，種類之多，長度之最，可以比美四通八達的地鐵。德國的第一號香腸名叫法蘭克福，因為原產於該城。在德國，找到 wurst 這個字就行了，那是香腸。旅行郊遊，最適合胃口的是肝腸，挺著名。比利時也以香腸自傲，每一個地區出產不同的香腸，最出名的是白香腸，如果你喜歡味道濃郁的，可以選黑香腸，兩種香腸都以蘋果汁佐膳，只有一些地區，跟一串葡萄。比利時香腸，叫做 boudin。熱狗數哪裏最出色呢？我在瑞士各火車站都可以見到，名字叫做 wiener li，其實是維也納香腸。一般人還以為瑞士的美味只是芝士。芝士很可以充飢，奧地利就流行一種食物，是一層層麵條，灑上芝士碎，拌和牛油和洋葱，和薯仔沙律一起上碟。

一九八三年

後記

何福仁

《玩具和房子》主要來自西西在《明報周刊》最後的兩個專欄：「我的玩具」和「造房子」，大概從二〇一五至二〇一八年，每周一篇，先是玩具然後是房子。《我的玩具》曾在台灣洪範出版（二〇一九年十一月），全書彩印，非常漂亮，成本想當然很昂貴。不過那是玩具一欄的前期之作，後來還有其他部分，如今這部分收編在這書卷一之中，並且跟其後卷二的「造房子」一欄合帙，因而取名《玩具和房子》。易言之，本書的文章曾經分別發表，可從未出書。

當初西西寫作「我的玩具」專欄，是她六十年專欄寫作的新嘗試，寫自己的玩具，朋友都以為她充其量只會寫作兩三個月吧，豈有那麼多的玩具呢。結果寫了兩年，要不是想換換口味，她還可以寫下去；換上的是「造房子」，這固然也是她另一種形式的玩具，只是畢竟已不再年輕了，不似她可以同時寫作小說、散文、影話，以至詩的年代。此外，她正在經營一個長篇小說，她知道，這會是她最後的一個了，想集中精神。於是《明周》的專欄，編者同意讓我分擔，改成兩周輪替一篇，我寫的是「手寫板」，有時用兩個人對話的形式，由我執筆。不過網上明周文化的 Archives，把我玩笑的塗鴉也當是西西寫的。細心的讀友，當看到寫法有別。

不過，玩具和房子，確乎是一事的兩面。兩卷如果有分別的話，那是卷一都有玩具的配圖，由我拍攝。卷二則免了。其中插入了三篇早期漏網之魚，文末註明發表日期的即是。

照西西的說法，遊戲有積極和消極之別，要動心思、能夠參與創作的遊戲，才有意思，才真正好玩。她的玩具，有的是朋友所送，有的是多年的收藏，有的，則是新買，大多都廉便普通，並不貴重。人類的文化，不用說，即從認真的遊戲而來。她毋寧是從玩具、房子切入，通過那些她認為有趣的物事，抒寫自己日常的生活，抒發對人世的所思所感。這其中並沒有要改造世界的宏圖壯志，沒有的，可這麼一來，也破除了那種浮誇、唯我獨是的虛妄。西西玩玩具、造房子，自有一種遊戲三昧的意趣：自在，專注，而超脫名位禮數的束縛。一位成就有目共睹的作家，年已垂暮，仍能對看似區區的玩物耐心觀察、娓娓細述，既知其然，還要窮究其所以然，不肯草草打發，其實是對一切物事一切生命的尊重。然則玩具，即使是玩具，我們又能否以生靈待之？集中的一篇〈我想〉，就從玩具的角度，向我們詰問：你聽得懂玩具的語言麼？

綜觀西西的一生，從寫作到生活，謙遜，磊落光明，樂於助人，且為而不恃，寬厚而多元，不斷開拓、新創，那是一種從容淡定的境界。成就一種境界，則超乎文字修辭。

感謝中華書局，讓西西的遺作得以陸續出版；感謝副總編輯黎耀強先生的襄助，以及責編張佩兒小姐的辛勤工作。

二〇二四年四月四日

玩具和房子

西西 著

何福仁 編

責任編輯　張佩兒
裝幀設計　簡雋盈
排　　版　時　潔
印　　務　周展棚

出版　中華書局（香港）有限公司
香港北角英皇道四九九號北角工業大廈一樓B
電話：（852）2137 2338
傳真：（852）2713 8202
電子郵件：info@chunghwabook.com.hk
網址：http://www.chunghwabook.com.hk

發行　香港聯合書刊物流有限公司
香港新界荃灣德士古道二二〇—二四八號
荃灣工業中心十六樓
電話：（852）2150 2100
傳真：（852）2407 3062
電子郵件：info@suplogistics.com.hk

版次　二〇二四年七月初版

規格　三十二開（190 mm×130 mm）

ISBN　978-988-8861-94-1